点亮

2020 抗击新冠肺炎纪事

DIAN
LIANG

编著 李月亮 蔡欣彤
插画 小林漫画

广州新华出版发行集团
广州出版社

图书在版编目（CIP）数据

点亮：2020抗击新冠肺炎纪事 / 李月亮，蔡欣彤编著；小林漫画插画. —广州：广州出版社，2020.7
ISBN 978-7-5462-2940-9

Ⅰ.①点… Ⅱ.①李… ②蔡… ③小… Ⅲ.①纪实文学—作品集—中国—当代 Ⅳ.①I25

中国版本图书馆CIP数据核字（2020）第102745号

书中事迹和数据源于媒体公开报道。
部分文章中的人物使用化名。

策　划　沈育明
监　制　杨　斌
出　品　柳宗慧

点亮：2020抗击新冠肺炎纪事
Dianliang: 2020 Kangji Xinguan Feiyan Jishi

出版发行　广州出版社
（地址：广州市天河区天润路87号9楼、10楼　邮政编码：510635
网址：www.gzcbs.com.cn）
项目统筹　李良婷
责任编辑　区力文　周　秦
责任校对　张　苹
装帧设计　紫上视觉　刁俊锋+黄隽琳
印　刷　广州市赢彩彩印有限公司
（地址：广州市白云区嘉禾鹤边鹤泰东路101号自编6号　邮政编码：511440）
规　格　787毫米×1092毫米　1/16
字　数　262千
印　张　18.75
版　次　2020年7月第1版
印　次　2020年7月第1次
书　号　ISBN 978-7-5462-2940-9
定　价　62.00元

序 | 灾难很黑，人间很暖

一直以来，我过的生活就好似走在一条预设好的路轨上面，规规矩矩，一站一站地走下去，我做梦都想不到会有这样的事发生在自己身上。

电影《时差》里这句台词，也许能代表新冠肺炎疫情里，人们的心声。

一直以来，人们习惯按部就班地生活：

孩子稀松平常地抱怨着学习；

妻子和丈夫没心没肺地拌嘴；

老太太对着小狗小猫唠叨；

情侣捧着爆米花去看电影；

火锅店里咕嘟咕嘟热气腾腾，人声鼎沸……

没有人知道，在2020年伊始，有点湿冷的武汉，一种狡猾的病毒在悄悄传播。

它是怎么被带来这里的？被它袭击的“零号患者”又是谁？疫情为什么会在短时间内蔓延？无人知晓。

人们只知道，有几个人突然住院了。

很快，越来越多的人住院了。

一场疫情突袭，人们猝不及防。

生活，忽然换成了一副我们完全陌生的面孔。

不能出门了。不能见面了。不能上班、上学了。不能旅行、逛街、看电影了……

街上空空荡荡。大家宅在家里刷着新闻，在微信群交换最新消息。恐慌、焦虑、忧心……各种情绪悄然交织。

好在，人们很快回过神来，开始迎战。

医护人员奔赴战场。志愿者赶往一线。警察坚守岗位。农民赶来送菜。社区工作者日夜奔忙……

14亿人一起，共同吹响抗击新冠肺炎的号角。

几十天的时间里，太多故事发生：伤痛、愤怒、感动、勇敢、善良、爱……都密集地涌出来，铺天盖地，应接不暇。

这实在是一段不寻常的日子。

也是一段将写进历史的日子。

更是一段值得被铭记、被回想的日子。

所以，我们决定在这本书中，尽可能多地记录整场疫情里的人物面孔、情绪、眼泪，以及希望。

记录这灾难的“黑”。

更记录漆黑夜空下，人间的暖。

人类从远古走来，穿越了无数场大大小小的灾难，磕磕绊绊才到今天。

这一场场灾难里，我们懂得了“团结就是力量”，也学会了齐心协力共渡难关。

新冠肺炎疫情发生后，太多人几乎是本能地站了出来，去战斗，去付出，去奉献。

他们的能量也许有限，但点点微光凝成的光簇，可以点亮黑暗。

当微光点亮微光，再黑的夜，终会迎来光明。

这便是本书书名《点亮》的来历。

这个星球上，灾难从未停止，也永远不会停止。

希望我们永远记住这次疫情里，那一束束动人心魄的微光。

更希望这微光从此深植我们心里，日后，不管遇到所有人的灾难还是某个人的艰难，你我都能做那个发出微光、点亮暗夜的人。

2020年4月

天空黑暗到一定程度
星辰就会熠熠生辉

目录

1

战『疫』实录

“医生，此去欲何？”“战病疫，救苍生！” // 3
决战ICU——和死神过招 // 15
医者传奇：爱和勇敢的火炬不灭 // 23
方舱医院的奇妙时光 // 31
“90后”“00后”：我们能撑起一片天 // 38
中国那些不为人知的经历 // 46
41支医疗队撤离武汉：这一刻，我听懂了国歌 // 55

63

侠之大者

钟南山：老百姓心中最敬仰的山 // 65
李兰娟：这辈子愿做一名好医生 // 74
王辰：士子之心，济世安民 // 83
“硬核暖男”张文宏：有趣的灵魂万里挑一 // 90
殉职院长刘智明：你是那么好的一个人啊…… // 100
张定宇：身患绝症，和生命赛跑 // 108
中医德叔：击退非典，再战新冠 // 116

123

凡人英雄

平凡的人给我们太多感动 // 125
武汉骑士：今天，我们来做这座城市的摆渡人 // 139
千里飞驰的“逆行侠” // 146
送药记 // 154
环卫工人：战“疫”大后方，有我们 // 161
那些消失在疫情中的普通人 // 168
疫情中社区的人和事 // 177
英雄之城，等你再创辉煌 // 185

193

人间温情

湖北不怕，我们一直都在 // 195
全世界的华人，都在往国内运物资！ // 203
疫情中“失踪”的中国企业家，都干了些什么？ // 212
外国人在武汉：“武汉是我的第二故乡” // 221
疫情之下，爱情至上 // 228
人类始终携手与共 // 237

247

重新起航

复工！复产！复苏！ // 249
这几个问题，疫情给出了答案 // 258
这些教训，不能忘！ // 265
疫情过后，这件事一定要改 // 277
别再冒犯大自然了！ // 285

战『疫』实录

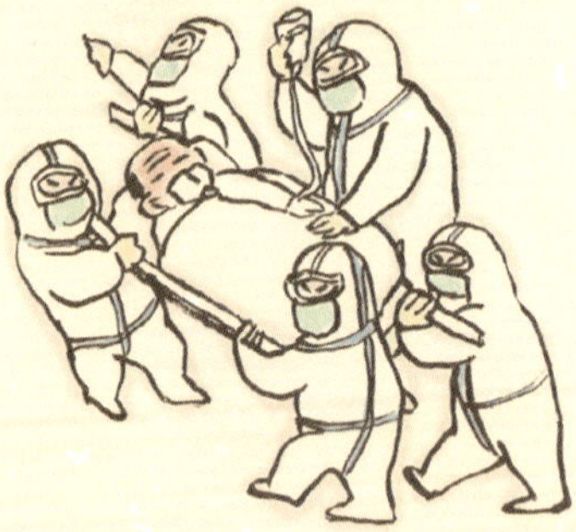

“医生，此去欲何？”
“战病疫，救苍生！”

01

2月9日，不寻常的一天。41架飞机，载着6000多名医护精英，从祖国的四面八方驰援武汉，降落在武汉天河机场。最强后援团来了！

新闻说，这次，国家的抗疫计划是“一省包一市”。就是每一个省，定点援助湖北的一个市。

我看了这则消息，莫名感动。湖北像个生了病的小孩，正悲伤无助，一群兄弟姐妹赶来，说：别怕，我们来保护你！

这一次，我们派出了“王炸”组合：

中国医院的“四大天团”——北协和、南湘雅、东齐鲁、西华西汇集武汉。

以一身白衣，舍一己安危，守一方平安！这是北京协和医院的承诺。

百年湘雅，从未负国！这是中南大学湘雅医院的豪情。

还有山东大学齐鲁医院。他们出发时，济南警车一路开道，为他们送行。而他们抵达机场时，与四川大学华西医院的医疗队相遇了。医生们远远地互相喊话：“你们是哪个医院的？”“华西医院的！”“我们是齐鲁

的！我们一起！”

这是一次令人感动的会师。

上一次两家医院相遇，还是在1937年。抗日战争时期，齐鲁医学院搬到四川，与华西医学院一起办学办医。转眼83年，当新的战役来临，他们再次重逢。山川相遇，国应无恙。

大敌当前，医护人员是提刀上阵的勇士。唯有这些人冲锋在前，武汉才会好起来。

02

南京市第一医院接到任务，需要54名医护人员赴武汉援助。医院发出通知，请医护人员自愿报名。

这个任务意味着危险、辛苦、艰巨。

会不会有人报名？

没想到，通知发出后的几分钟，回复齐刷刷地来了：

“我报名带队出征！”“我报名参加！”“危急时刻，责无旁贷，报名参加！”“需不需要麻醉科的？需要的话，我报名”“影像诊断医生报名”……

很快，人齐了！如果不是这次疫情，我们很难知道，原来那些看起来文文弱弱的医生，胸怀此般侠骨豪情。谢谢你们，勇敢的天使！愿你们整整齐齐地出发，整整齐齐地归来！

03

很多人不知道，其实每一句“我报名”的背后，都有不寻常的故事。

大年三十，军医彭渝驰援武汉。为了不让家人担心，她谎称自己在医院值班。

等候她回家的丈夫，直到看到别人发的出征照片，才知道妻子已奔赴一线，随即拨通电话，责怪她“怎么不说一声”“连去看你一眼的机会都没有，你就走了”。

彭渝心情复杂，但也顾不得多想，随即投入紧张的工作。连轴转了几天后，她才看到，冷静下来的丈夫，给她发了这样一条微信：

媳妇儿，见字如面。太了解你的脾气，又是一次艰巨任务，望规范操作，把握流程细节，切勿粗心莽撞，沉着冷静，保存自己才能有实力与病毒战斗，真正的战斗是集体而不是一个人去战斗，团结协作才有作为。你是我妻也是战友，务必牢记初心如磐，使命在先，盼早日凯旋。

夫：峤

“你是我妻也是战友，……使命在先，盼早日凯旋。”看到这句，忽然泪目。寥寥数语背后，藏着多少深情。曾以为“吾已许国，再难许卿”的故事，只会尘封在历史书里。却不想，在2020年的今天，又出了新版本。

加油吧，女中豪杰，我们和你的爱人一起，盼你凯旋！

04

这样的故事，还有太多。一名医生说起出发时的场景，强忍眼泪：“外面下着大雨，我妈伞都没拿，就跟在我们车子后面一直狂奔……”

说着，她终于忍不住抹起了眼泪：“真的下好大雨……”

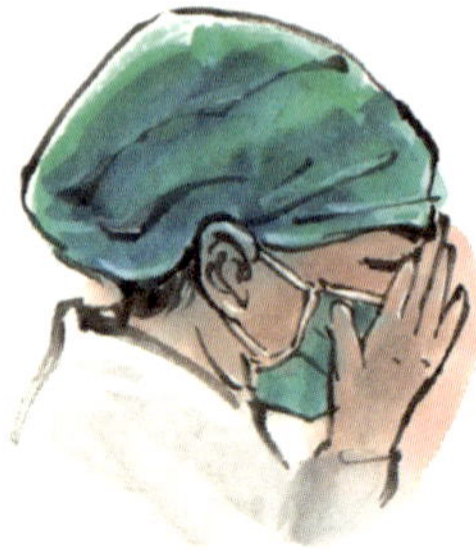

真正的爱不需要有太多语言
有些感动就放在心里面

可以想象，妈妈心里有多担心：她一心想保护的人，要去保护别人了。可是到了那边，谁来保护她的女儿呢？

每一个出征的医生背后，都有揪心牵挂的父母、孩子、爱人吧。

05

朱海秀，广东援鄂医疗队的护士，1997年出生的小姑娘。她怕父母担心，便瞒着他们上了一线。但爸爸还是知道了，在和她打视频电话时，哭了。那是22年来，海秀第一次看见爸爸哭。

记者说："你（对着镜头）给家人报个平安吧。"

她为难地背过身，又仰起头，艰难地笑笑，说："我不想哭，我的眼泪在眼睛里打转，但我不能哭，护目镜花了就干不了事情了。对不起。"

好多人看到这个视频，都说：我的眼泪也在眼眶里打转。

是啊。她的话明明那么平实，但怎么又那么动人。

一个22岁的姑娘，本可以下班后在咖啡馆悠闲约会的。可她却冲到一线，披上战袍，顶着大黑眼圈，保卫人民。

谢谢你，姑娘。

愿你有美好的未来。

也愿你成为更多年轻人的榜样。

06

她叫汪晓婷，也是一线抗疫的医生。为防感染家人，一段时间内，她一直住在宾馆。2月6日凌晨3点，她要去上班了。天下着雨，丈夫想开车送她。她怕感染丈夫，不敢上车。于是丈夫打开车灯，一路开着车，缓缓跟在她身后，默默护送。

替她丈夫说一句心里话吧：从未想过，我们会这样一起走过一段路。亲爱的，你慢慢走。前路风雨艰辛，我永远都在！

07

大年初二，安庆市第一人民医院副护士长张敏，要奔赴一线了。行前，女儿抱住她，哭着不让妈妈走。张敏忍住泪水，告诉女儿："妈妈要去打怪兽了，很快就回来……"

类似的场景，发生在无数个地方。稚嫩的孩子，抱着做医生、护士的爸爸妈妈，哭着不让他们走。可是，"狠心"的爸妈，都没停下脚步。

宝宝不哭。我们一起在后方，陪爸爸妈妈打怪兽，给爸爸妈妈加油！

一线的白衣战士，感谢你们！

08

车前子夫妇，都是深圳市中医院的医生。这次抗疫，夫妇俩都在一线，从腊月二十八开始持续忙碌。

这天，车医生忙完工作后，想给父母和3岁的女儿送些生活用品。为了防止女儿认出他，不让他走，他只好把自己装扮成一个快递员。

他把东西放到家门口，隔着一米距离，和父亲简单交代了两句，就匆匆离开了。他很想很想和女儿见一面，可是……还是走了。

我们平时听多了“舍小家为大家”这句话。可是，谁的小家不是自己的牵挂呢，谁又舍得对自己的孩子拒之不见呢……

送你这首歌吧：

我敬你满身伤痕还如此认真

山水迢迢还奋不顾身

我敬你万千心碎还深藏一吻

乌云滚滚还走马上任……

09

急诊科主任徐自强，自疫情发生以来，不舍昼夜连轴转，已成为家常便饭。

这天，他趁午餐时间来到相隔10米的隔离区，看望同样在值班的儿子徐秋笔。

父子俩近在咫尺，却因隔着玻璃无法交流。

徐自强拿出一张处方笺，在上面写下“秋笔，加油！”，透过窗户，给儿子看。

窗那边，儿子认真点头。

“儿子，加油！”

“我会努力的，爸爸！”

打虎亲兄弟，上阵父子兵。

一线很苦，但你们的所有付出，都是勋章。

请好好记住这一天。

待他日得胜归来，父子俩坐下来，好好喝一杯，若无其事地互相说一句：“怎么样，我没给你丢脸吧？”

想必妈妈在旁边，会忍不住抹眼泪吧。

10

他是一名军医。别人的防护服后面，写的大多是自己的名字，而他身后，写的是：湖北姑爷。

因为他妻子是湖北人，他希望注明这个身份，能让患者觉得更亲切，更放松。

细节见人心。简单四个字的背后，是一名医生对患者满腔的体贴和善意。这样的医生，我不信他会对患者不好。

11

风小东，是一名医生。自春节以来一直坚守在医院。

他毕业于河北医科大学。

1995年，他们宿舍兄弟四人在母校拍了一张合影，现在他还保存得好好的。

而今年春节，他们分别战斗在天津、北京、石家庄。

战场不同，敌人相同。

他们通过视频聊天拍了一张新合影。

那时同学少年，青春壮志。

如今并肩作战，一往无前。

兄弟同心，其利断金。

你们才是这个时代真正的男神！

12

这是一名护士的日记。

没有无创呼吸机，我们就用自己的！

调来一台不行，就再调来一台！

没有氧气筒，我们自己扛下去，

一个不行，我们扛两个！

她一直很担心病区43床的患者。

他已经写下遗书，歪歪斜斜的字，勉强可以辨认出：“我死后，遗体捐献给国家……”

随后，他拒绝了静脉输入球蛋白，说留给需要的人。

但是医护人员从来没有放弃，一直全力救治，并帮他联系转院。

终于，等来了武汉市金银潭医院的一个床位。但120的设备暂时还没有到位。

隔离病区女护士：
生生被疫情逼成女汉子
比我重的氧气瓶也能搬

医疗队成员们咬紧牙关，用自备的呼吸机、氧气瓶顶上。在医生和两名护士的一路护送下，他终于顺利转院。

照片中，他举起了大拇指。

护士看到照片，哽咽着说：“幸好我们努力了。幸好这一次，不是失败的无力感。”

谢谢你们，亲爱的白衣天使。

让我们看到了人性最动人的光芒——无条件的爱。

病魔残酷，而你们温暖又给力。

有你们真好。

13

武汉市汉口医院。一对医生夫妻都在一线抗疫，女儿被送回老家，交给亲戚照顾。

丈夫不幸感染，就住在妻子隔壁的病房。但是一周的时间，妻子都忍着没去看望丈夫。原因让人心酸：去看丈夫，要穿防护服。

她知道防护服紧张，舍不得浪费一件。

这场疫情，像一个放大镜。

让我们发现，在这世上，好人是真好，坏的人是真坏，蠢人是真蠢，善良的人是真善良。谢谢你，善良的天使，好人一生平安。

14

防护服这东西，很多人不了解。它是一次性用品，生产成本又比较高，疫情刚开始时很多医院都很紧缺，所以医护人员都特别珍惜。每次穿上防护服进入隔离区，四五个甚至七八个小时里，都不能吃饭、喝水、上厕所，否则就要浪费一套。他们基本上都是穿着成人尿不湿，连续工作。

一名女医生哭着说，同事生理期的时候，不能去厕所，裤子都湿了……

有一个记者，在隔离区看见一名男医生站着一动不动，刚想跟他打个招呼，结果男医生说：别说话，要不我就更尿不出来了……

太多艰辛，是我们无法想象的。

有人在网上晒出医生睡姿的照片，想不到引来了很多跟帖。

这场主题为“他们睡着了”的照片大赛，看哭了很多人。

最美逆行者
不要神的光环

除了睡姿，还有医生护士的手：每日反复洗手，过量的酒精和消毒液让双手干燥、红肿、过敏、龟裂……

他们的脸被口罩和护目镜压出一道道深深浅浅的勒痕，汗湿的发丝凌乱地贴在脸颊。

哪有什么白衣天使，不过是普通人披上了战袍，学着前辈的样子，和死神抢人……

千言万语，哽咽在喉。除了一声谢谢，也真不知再说什么好。

15

一个阿姨确诊了，一直得到医生的悉心照顾。阿姨感激不尽，说：“我真是感谢，感谢……”医生说：“不用，这都是我们应该做的。”

阿姨摇头：“不，这不是你们该做的。”

对，最后这句话，也是我想说的。没有谁，就该冲锋陷阵，就该英勇无畏，就该抛家舍子，就该无私奉献。没有什么，是你们必须做的。而你们做了，我们当铭记在心。

16

安徽安庆。

一名新冠肺炎的确诊患者治愈出院了。

医护人员给他送花祝贺。

他接过花，忽然屈膝跪下：“捡了一条命啊！谢谢了！”

一个大男人做这样的举动，背后一定藏着不为人知的经历。

从疑似，到确诊，到治愈。

在这个过程中，巨大的恐慌、压力、痛苦、感激……也只有用这一跪来表达了。

谢谢了！所有的人间天使。

多少次，死神已经伸出魔爪，是你们硬生生冲过去夺人。

死神说：我要带他们走！

你们拼命挡住，说：休想！

一个个患者得以重生。一个个家庭，留住了至亲。

你们配得上所有的赞颂。

17

根据央视新闻官方微博2月24日发布的消息，中国—世卫组织联合考察专家组表示全国共有超过3000例医务人员感染新冠肺炎病例（包括确诊病例、临床诊断病例和疑似病例）。

而在湖北省人民政府评定的防控新冠肺炎疫情的14名烈士中，有12名是奋战在一线的医生[1]。

他们都是拼尽了全力，倒在了战场。

痛惜！

这一次，以及过去的很多次，医护人员都肩扛不可承受之重。

他们本是文弱之躯，却在大战来时，艰难且坚定地做我们的保护神。

多少辛苦，不为人知。我只能记下这一件件小事，以感恩，以铭记。

最后，我想重写那句经典对白：

“医生，此去欲何？”

“战病疫，救苍生！”

“若一去不回……”

“便一去不回！”

只盼你们大获全胜，平安凯旋！

[1] 据国家卫健委官方微博“健康中国”2020年4月2日发布的信息。

决战ICU——和死神过招

ICU——重症加强护理病房（Intensive Care Unit，又称“加强监护病房综合治疗室”），把危重症患者集中起来，给予他们最佳治疗保障，是生命的最后一道屏障，也是医护人员最危险、最艰难的战场。

新冠肺炎疫情期间，ICU人满为患。

这里的故事，最惊心动魄，最直击人心。

这次，让我们走进ICU的现场。

01

“在这里工作，必须有敢与死神掰手腕的勇气与担当。”火神山医院重症医学一科主任张西京说。作为急救人员，步履匆匆是他的常态，工作和日常精确到以“秒”来计算。

这是他对病情“秒判”的一个场景：

一名心脏支架植入术后的新冠肺炎患者，突然口鼻出血，凝血功能异常，情况危急！

张西京果断拍板：停掉抗凝药物，输注新鲜冰冻血浆，补充维生素K！

数小时后，患者转危为安。

在ICU，患者的状况往往瞬息万变，果断做出正确的决策，是拯救患者的关键，也是对医生的极大考验。

再就是，带领团队“秒救”：

一天凌晨，一名经过10多天诊治已有所好转的患者突然昏迷，张西京立即剖析：患者可能是积痰堵住了气管。

他与战友们果断为患者实施气管插管。吸出气管内的大量分泌物后，患者病症随即缓解。

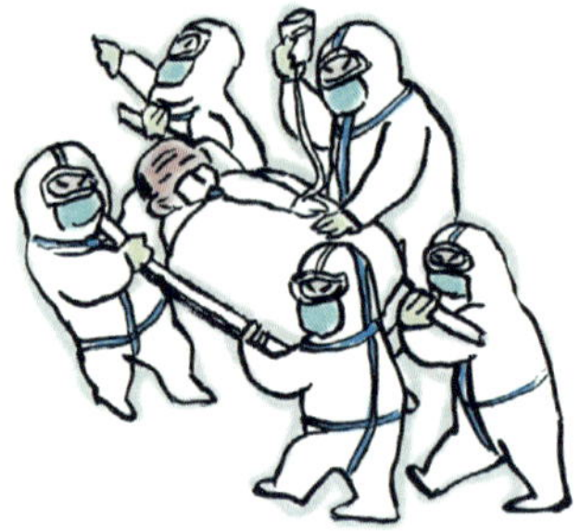

岁月漫长
总有人在为你负重前行

还有一次，一名佩戴无创呼吸机的老年患者，突然出现重度低氧血症。张西京果断带领医护人员为患者实施俯卧位通气、固定气管插管、拍背、吸痰……终于，患者脱离了危险。

“危重症患者不是靠一个人救活的，是整个团队一秒秒抢救过来的。”

这些事情，每时每刻都在ICU上演，张西京早已经身经百战。

由于过度劳累，他几乎挨床“秒睡”，睡眠却很浅，听到来电铃声，“秒接”电话。即使是深夜，如果医院有急事，他也会“秒到”。

ICU医生，果然都是雷厉风行的。

02

“目前疫情紧急，需要您马上到武汉支援，务必晚上到达。”

2020年1月23日，腊月二十九，郑霞接到国家卫健委的电话，刻不容缓。

作为首名出发支援武汉的浙江医生，郑霞来到了最早开始集中收治新冠肺炎患者的武汉市金银潭医院。南楼5至7层，是医院的ICU。她被分配到最高层——7楼。

楼层越高，意味着入住患者的病情越危重。

入住ICU的患者大多年纪较大，自身有基础疾病，患上新冠肺炎后出现重症、危重症的风险更大。很多患者一进来就要实施插管抢救，最严峻的时候，一天有三四名患者去世。

有很多患者的生命是郑霞和同事从死神手里硬抢救回来的；也有很多患者，原本状态还不错，身体却在一天之内垮掉。

生死无常，命悬一线，他们必须与死神鏖战。

03

“与死神较量就像走钢丝，既要行动敏捷，也要冷静细致。”

对于已实施气管插管治疗的新冠肺炎危重症患者来说，7到10天内不能拔管，就需要做气管切开手术。而手术时，患者双肺的病毒颗粒会大量喷出。稍有不慎，医护人员就会被感染。

2月20日，武汉大学人民医院东院区一个70岁新冠肺炎危重症患者气管插管后，血氧饱和度只有60%，亟须切开气管，否则很快会呼吸衰竭。

每次手术前，“气切小分队”的成员都要做好三级防护，2层防护服、N95口罩、护目镜、脚套……还要戴上正压头套，同时戴上4层手套。

头套上的水蒸气会模糊手术者的视野；厚厚的4层手套会降低执刀的手指的敏感度。每一次手术，医生们很大程度上要依赖经验完成。

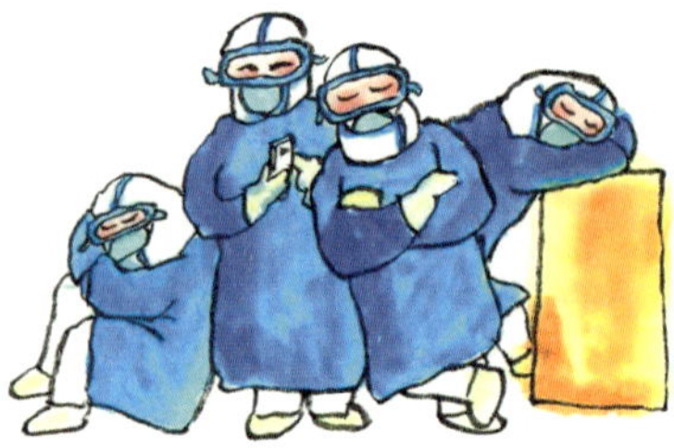

虽然这听起来有些不可思议，但是本着对患者高度负责的态度，每一次手术成功的背后，医生们必定经历了无数磨炼。

04

1月14日，武汉市东西湖区人民医院ICU主任袁海涛接诊了一名新冠肺炎重症患者，患者在普通病房插管后，需转运到重症监护室。袁海涛护着患者，推着呼吸机往前走。由于情况危急，他的注意力高度集中在患者身上，而自己只有二级防护，戴着湿漉漉的护目镜就上阵了。

第二天他开始发烧，去做了CT（计算机断层扫描）后，他知道自己“中招”了。

起初情况很糟糕，有了好转之后，他又开始惦记科室的重症患者，还用电话或微信“遥控”，了解科室的情况。

痊愈后，第一件事就是重返岗位。

患者们不认识他，也不知道他为何染病，更不知道他这一个月以来经历了什么。

他没有想要得到感谢，只是迫切地想要回到战斗的地方。

这就是医生。

05

陈静，“硬核”护士长。

“每天讲2遍不够，我就讲200遍！”“护目镜必须戴好！”“洗手后必须戴手套！”这个爱唠叨的护士长是“ICU大管家”，主要负责感染控制工作，还参与重症患者的救治。

每每讲起那些“90后”护士，陈静都心疼得落泪：“在别人眼里，她们是白衣天使；在我眼里，她们还都是孩子，我必须保证一个都不能少。”

“硬核”的背后是胆识。危险辛苦的事，她总是冲锋在前：第一个为重症患者翻身，第一个为患者擦洗身体……

“硬核”的背后是关心。脑外科一名护士有摸脸的习惯，陈静每每看到都严肃地劝阻，直到护士改掉这个坏习惯。

“硬核”的背后还有温柔。她总是微笑面对患者，也鼓励患者微笑。她曾被媒体誉为“最美窗口笑脸”，穿着防护服看不到她的笑，她就将笑脸画在防护服上。心细如她，还编了一本《新冠护患沟通手册》，让年轻护士更好地明白患者的需求。

她常常说：“患者在我们的心里有多重，我们在他们的心里就有多重。”

06

俗话说：三分治疗，七分护理。

在ICU，很多患者在重病的折磨下，会出现各种情绪和身体健康问题，医护人员需要更加细致。为了患者的安全和舒适，医护人员可谓绞尽脑汁：

——一个52岁的大叔进行了气管插管，有时表现得比较烦躁，自己还会意外拔管。如何在一线护理用具紧缺的情况下，进行必要的行为约束而又不伤害患者？

中山大学附属第一医院的医生，利用现成的资源——避光网套和绷带，制作了简易的手套式约束带，再没有发生意外拔管的情况。

——一个阿姨因为病情反复，被搬动多次，左大腿髋部明显受压破损。怎么才能更有效又快速地帮患者解除痛苦？

有医生想起，医护人员长期佩戴护目镜与口罩，造成面部与鼻部压疮破损，因此医院配发了美皮康敷料，虽然数量不多，但非常管用。大家一致同意给阿姨试用。看着患者的伤口日渐好转，大家非常开心。

“有时治愈，常常帮助，总是安慰。”

医学不是万能的，但爱和安慰往往能够产生奇迹。治好一场疾病需要患者和医生的高度配合，患者本人足够坚强、乐观，医护人员足够关爱。

07

“这几天，春娥奶奶总说不想治疗了。”

“春娥奶奶今天拒食，我们怎么哄都不行。”

“奶奶可能需要心理帮助。”

春娥奶奶是浙江大学医学院附属第二医院医护人员高频讨论的对象之一。

春娥奶奶有两个儿子和一个女儿，老伴去世多年，她一直在武汉郊区的农村独居。63岁的大儿子感染新冠肺炎后，她便寸步不离地在旁照看，最终自己也出现感染症状。

在女儿眼里，春娥奶奶是一个倔强的母亲，还喜欢被人表扬。女儿说：“她平时都是自己烧开水、灌开水，从不让我帮她。我也常常夸她

‘妈，你真棒’。”

春娥奶奶邻床的患者去世了，她很害怕；听说大儿子病情加重，她跟女儿通电话时大哭。她的情绪波动引起了医护人员的注意。她不肯吃饭时，护士就反复哄劝，一勺一勺地喂她；她不肯用尿不湿，经常把大小便解在床上，护士也没有嫌弃。

面条能有什么故事
你煮的面条才有故事

3月10日，是春娥奶奶86岁的生日。女儿煮了一碗长寿面送来。医护人员齐声唱起生日歌，吃着护士喂到嘴边的面条，她的眼泪止不住地流。

老人的心结，终于解开了。

08

“不闹不闹。”

“有什么事您跟我说说，好不好？”

在ICU，一个患者情绪激动，护士们围着他、安慰他，握住他的手。长期插管的患者，被各种医疗器械包围，经常会发生谵妄。

这时候，患者需要的是更深层次的心理慰藉。

有一个患者的举止很奇怪，别人一靠近，她就会一把推开，有一名护士却是例外。原来，那名护士把她当成自己的奶奶，经常陪她唠嗑。

付出真心，患者总会感觉得到。

有些患者长期在ICU躺着，肢体都是弯曲的，慢慢地就会肌无力。即使病好了，以后的生活质量也会下降。

于是，在一些重症患者已经恢复意识，生命体征平稳，并且能够活动肢体的时候，医护人员会安排一些康复运动治疗措施，包括床边坐立和全身锻炼等。

这些运动治疗措施能帮助唤醒患者的康复意识，也会大大增强其对身体功能恢复的信念。

09

钟南山院士说过：医学是对人的治疗，医生是治病人，而不仅仅是治病。

一字之差，天壤之别。

在ICU，患者没有家属陪伴，医疗、护理、生活的照料，甚至心理安抚都需要医护人员完成。在这里，他们就是患者的至亲。

有一个患者说："洗脸、擦身子、倒茶、倒屎倒尿，什么都干，比自己的姑娘还好。"

而在ICU守着新冠肺炎重症患者的医护人员，他们也知道危险，也曾无数次害怕、劳累、无奈，甚至感到绝望。

但他们还是选择了坚强和笑脸，还是坚守在生命的最后阵地。

他们愿意用自己的生命护佑更多的生命，和死神决战。

真心的，谢谢他们。

医者传奇：爱和勇敢的火炬不灭

新冠肺炎疫情暴发，相信很多人的第一反应，是想起了17年前那场非典疫情。

当年的战斗中，白衣天使们前赴后继，从死神手里抢回一个个生命。

在抗击新冠肺炎的战场上，很多当年抗击非典的战士，又回来了！

17年的光阴，他们更加坚毅，更有力量。

还有一些更年轻而又相似的面孔，他们是非典战士的孩子，接过了父母的重担，怀揣着父母的期望，出现在前线，年轻的脸庞，体内涌动着的是同样滚烫的血液。

从非典到新冠肺炎，爱和勇敢的火炬一直在传递，永不止息。

01

“当年，爸爸参加了抗击非典，现在轮到我了。”

王婷是长治医学院附属和济医院主治医师，她的父亲王卫是当年抗击非典的医护战士。

如今，父亲老了，换她上前线。这一幕，和17年前，那么相似。

2003年，坐在轮椅上的母亲，送别儿子王卫，她曾是个军人，铁骨铮铮地说：“你去吧，国家需要你，你就赶紧去，千万不要给我败兴回来！”

与母亲不容置疑的口吻不同，17年后，在女儿主动请战的时候，这个不善表达感情的父亲，给了王婷一个长久的拥抱。

这个拥抱里，有作为父亲所有的期望、不舍、关爱。一直坚强独立的王婷落泪了。她说不出是什么感觉，只是想哭。

王卫说：“我老了，轮不到我了，要是不老，我也要和你一起上。”言语之中似乎有点落寞。

他突然想起17年前抗击非典时自己用过的行李箱，赶紧翻出来交给女儿：“姑娘，你就带着这个箱子走，这是你爹当时抗非典时用过的。”女儿理解，箱子承载着父亲的寄托。

王婷带着箱子上阵，就像父亲一直陪伴在自己身边。

知道前线的工作强度大，王卫很担心，但又怕打扰到女儿，于是和女儿约定：不要随时打电话，有事发短信。

忙的时候，王婷给父亲的短信仅有四个字：安好勿念。

千言万语凝聚其中。

在抗击疫病的战场上，上演了一家三代的接力赛，这种精神的接力，相信会代代相传。

02

万众瞩目的火神山医院，在全民的注视下，施工人员日夜酣战，不到10天就完工了。

“我们所有队员都已全部到位，这次的主要任务就是收治确诊患者，全力以赴打赢这场阻击战！”

这铿锵有力的话语，来自火神山医院院长张思兵。这个穿军装戴军帽的“兵哥哥”，每次出场都让大家眼前一亮。

众人纷纷好奇：火神山医院的“掌舵者”有何来头？

张思兵，大校军衔，是中国人民解放军总医院卫勤部部长，曾参与2003年抗击非典。当时他是中国人民解放军第309医院的医疗科科长。这家收治非典患者的定点医院最终做到了三个零感染：一线医护人员零感染，院区官兵和家属零感染，除非典患者以外的其他住院患者零感染。

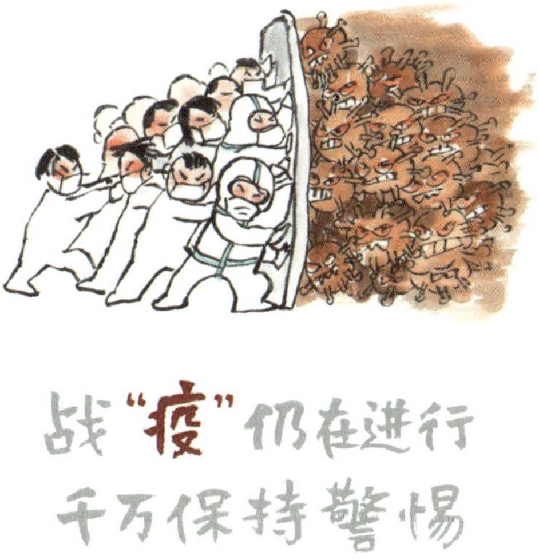

这在当时是个了不起的成绩，甚至可以说是奇迹。因为在非典疫情暴发初期，医务人员感染率较高。

当时，张思兵还参与了小汤山医院的援建工作，有着丰富的经验，由他担任火神山医院院长，可谓实至名归。

赴“汤”蹈“火”的张思兵，作为一院之长，一直在思考各种细节问题。为了让火神山医院更符合传染病防治的要求，他将单路供电调整为双路供电，避免了突发停电造成医疗设备不能正常使用的隐患，以及空气流通路径混乱可能造成的交叉感染等问题。

火神山医院的医护人员中，不少人曾有治疗非典或其他传染病的丰富经验，但也有一群年轻活力的“95后”，这让张思兵一度犹豫，担心他们出状况。但事实证明，他们的作战能力远超预期，火神山医院的治疗有效率达到98%。

就像军队支援湖北医疗队队员马凌的宣言：“在疫情面前，中国人民解放军誓死不退，一定护佑大家的平安和健康！”

火神山医院交付给人民解放军，全国人民无比放心。

我们相信，人民子弟兵的钢铁意志，必将消灭病毒，打赢这场“健康保卫战”。

03

“……有16味中药，我看到了。谢谢你们，现在感觉好多了。回想起我刚住进医院的时候，气喘得厉害，经常上气不接下气，现在讲话中气都很足了。”

3月1日，在湖北省中西医结合医院的隔离病房，患者戴先生即将出院，他在短短的41秒里，向广东省中医院援助湖北医疗队队长黄东晖和他的同事们连说了15声“谢谢”。

17年前，黄东晖在抗击非典时不幸感染且病情严重，一度做了最坏的打算。幸运的是，死里逃生。他觉得，这是老天想让他去救更多的人。

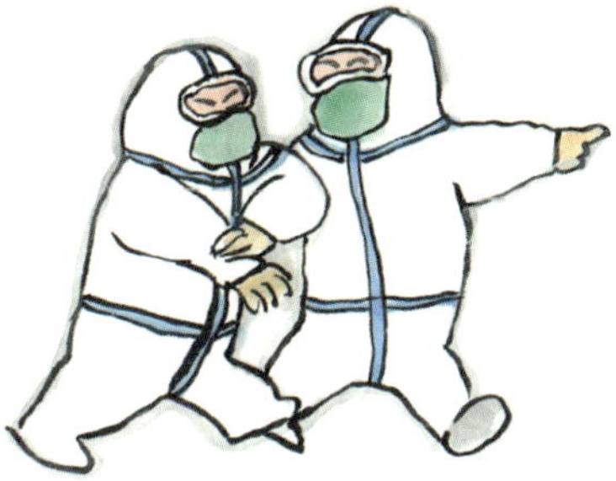

当医院发出“选派参加援助湖北医疗队征集报名”的信息时，他毫不犹豫地回复6个字：

“我先报名参加。”

广东省中医院援鄂医疗队共派出80多名医护工作者，医疗队队长是17年前和黄东晖一起战胜非典的战友和病友张忠德。

因为在非典中见识过病毒的无情，黄东晖与新冠肺炎患者的心靠得更近，更能体谅他们，也对战胜疾病更有信心。他常常用自己的故事鼓励患者，并在日记中写道：“17年前，我跌倒了又站起来了。17年后，相信我们，你也可以。”

很多患者一开始不接受中医药治疗的方案。作为中医，黄东晖不仅要给患者诊断病情，还要耐心引导，让他们放心接受中医药疗法。当逐渐看到中医药的疗效之后，患者们纷纷主动请求医生开具中药处方，有些患者还跟着医护人员一起练八段锦，并主动配合刮痧和针灸等中医特色疗法。病房中渐渐充满了笑声，病愈出院人数也越来越多。

对医生来说，最开心的事情莫过于患者出院。为此，黄东晖发了一条微信朋友圈：

神圣的使命感和沉重的责任感，让我们奋不顾身地投入这场战役。工作繁重又充满危险，但是看到每位病友康复出院，内心却又充满成就感，最后的胜利一定属于我们。武汉加油，中国加油！

一般来说，“战士”要奔赴前线，家人总会有重重顾虑或阻拦，而黄东晖的妻子得知他要援助武汉，表示非常理解和支持：“我可以理解你危难之际舍小家为大家，但作为家属，我更希望你平安归来！”

为了患者，她愿意“出借”自己的丈夫，她尊重他的选择，促成他的救人之愿，也相信爱人一定会平安归来。

这次疫情，无数个赶赴一线的英雄背后，都有这样深明大义的家属。他们同样值得敬佩。

04

南京医科大学第二附属医院主任冯旰珠发现，手机里的“抗非战友小群”活跃了起来。

当时疫情还只是小有苗头，冯旰珠就有预感，似乎又到了“备战时刻”。这一次，他被总指挥鲁翔点将，于是慨然从命，次日“出征”湖北黄石。

2003年，他和江苏的其他专家，奔赴内蒙古参与非典救治，使得内蒙古巴盟地区危重患者救治局面逆转，未再发生一例非典患者死亡。

而这一次的对手更狡猾。冯旰珠发现，许多新冠肺炎患者病情从普通到重症，或从重症转化为危重症是“不知不觉急转而下的”，甚至有些患者自我感觉良好，其实病情已经比较严重。

对此他运用了“战略思维”，通过观察患者的各项身体指标的细微变化，采用多种治疗方法相结合的“作战”方式。他的身上，没有惊心动魄的抢救故事，只有细节之处的严防死守。抠细节、拉锯战，就是他的“特效药”。

至3月1日，他所负责病区的患者大多已转至轻症病区，全病区保持着零死亡的纪录。

05

大家也许都听过邓铁涛——这位在非典疫情期间做出重要贡献的国医大师，他的弟子邹旭，在这次抗击新冠肺炎的战斗中，用随身携带的一套银针，“圈粉”无数。

起初，患者在面对针灸疗法时，有人好奇，也有人抗拒。

2月15日，邹旭和同事会诊一名重症患者，当时患者呼吸困难，血氧饱和度下降，无创呼吸机帮不上忙，西医同行也束手无策，邹旭拿出随身携带的银针，在患者特定穴位施针，随着细针捻转，慢慢地，神奇的事情发生了：患者平复下来，呼吸不再急促，心跳也逐渐和缓，血氧饱和度上升，无创呼吸机又开始奏效。

次日，这名重症患者的心跳、呼吸、血氧饱和度等各项指标恢复正常。

10天后，邹旭请缨前往雷神山医院，带队开辟第一个中医病区，半个月内，近半住院患者治愈归家。

眼见为实。很多东西只有亲眼看见，才能打心底相信。

早在17年前，邹旭就在邓铁涛的指导下，运用中医药挽救了很多非典患者的生命，这其中也包括他的妻子、广东省中医院急诊科护士长邓迎秋。

他传承中医药的信心更加笃定。

06

医生们熬过的通宵
吃过的冷饭
受过的委屈
最后都会变成
人们最想要的健康

电视剧《青年医生》里有一句台词："每一个当医生的都应该有一段传奇。"

医务人员，是离死亡最近的一群人，他们看尽人们在疾病面前的痛苦、挣扎、坚强、绝望，对生命的敬畏和悲悯长存于心。他们最不惧死亡。

从非典到新冠肺炎，也许往后还会有其他病症在等着他们，这条路世世代代，任重而道远。

除却君身三重雪，天下谁人配白衣。

病痛，是人类永恒的命题之一。爱和勇气，让这一切不再可怕。

方舱医院的奇妙时光

最严重的时候，国内疫情地图上的武汉一片暗红，触目惊心。

确诊数字一路飙升，医院容量有限，一时间无法接纳全部新冠肺炎确诊患者。因而，最初只能采取重症患者入院治疗，轻症患者居家隔离的方法。

可是，居家很容易让更多人感染，这无疑让控制疫情难上加难。

为减少疾病传播，提供更规范的治疗，武汉新冠肺炎疫情防控指挥部决定，建方舱医院。

方舱医院，当今世界军队最佳“野战医院”模式之一，适用于对战时伤病员的救治，以及对平时野外练习和灾害救援等野外环境下伤病员的救治。

和正规医院的病房不同，方舱医院是在一个大容量的空间里，分为很多不同的区域，一般每个区域有30～40张病床。

从2月3日起，武汉及全国各方救援力量连夜行动，将武汉市的会展中心、体育场馆、学校等改造成方舱医院，集中收治确诊的轻症患者。

在极短的时间内，14所方舱医院建了起来。速度之快，令全世界称叹。

我们来感受一下武汉首批建设的三所方舱医院之一——洪山体育馆的

方舱医院建设速度。

2月3日晚8点，工作人员开始拆除场内比赛器材、腾退场地。

3日晚12点，中国一冶集团进入洪山体育馆开展测量。

4日上午8点，开建。

5日上午8点，方舱医院内水电工程完成交付；当天下午，投入使用，共提供床位800张。

从头到尾，不到3天。

方舱医院主要是对轻症患者给予简单的诊疗和照顾，一旦发现病情加重的情况，能随时将患者移送到医疗条件更好的医院使之及时得到救治，形成一个有序的诊疗层级。

疫情期间，武汉一共建了14所方舱医院，从2月5日开舱到3月10日全部休舱，运行30多天，收治新冠肺炎轻症患者超1.2万名，成为名副其实的“生命方舟”。

刚开始时，在这个封闭的空间，不仅有看不见的病毒，更有蔓延的恐惧、烦躁和不安。

有少数国外网友说这是“集中营”“人间地狱”。

噢，不，不是的。那只是轻症患者刚入住方舱医院的不适应而已。

在这里，医生与患者亲如一家。

这里有相濡以沫的难兄难弟，有自习室、图书馆，有微波炉、电视……

有人说，这里的伙食好得让他胖了十几斤。

有人说，舍不得走了。

来，听我讲讲他们的故事。

01

首先从患者讲起，这些许许多多可爱的TA——

如果你曾在江汉方舱医院，见到一个躺在病床上安安静静看书的男子，捧着一本《政治秩序的起源：从前人类时代到法国大革命》，没错，就是他了。

他就是网上流传的“清流哥”，一个回老家过年的留美博士后。为什么叫“清流哥”？

因为其他人在睡觉、玩手机，他却捧着一本厚厚的书。不但掀起方舱读书热潮，还歪打正着做了个广告，令这本书成了畅销书。连该书作者都来回应：他的冷静与熙熙攘攘的医院形成鲜明对比，展现了精神的力量。

“清流哥”病愈出舱后，碰到一个和自己同时出舱但没人照顾的小病友，于是，他跟仍在隔离中的小病友的家长约定，会好好照顾小病友，并发挥自己“学霸”的影响力，监督小病友的功课。

无独有偶，在武汉客厅方舱医院，还有很多刻苦学习的人：

一个高中男生正专心做数学作业。

一个戴口罩的女孩聚精会神地对着高三的书本思考。

计划报考武汉大学研究生的大学生复习考研英语……

他们都有梦想。哪怕病毒来了，梦想仍在继续。

还有一个“缘，妙不可言”的故事，一个大四的女孩，说出要考湖南中医药大学研究生的目标时，在她面前的医生正好是湖南中医药大学的研究生导师。

老师说：“欢迎你，祝你早日康复。做好吃苦耐劳的准备！”她惊喜地连连鞠躬。

一定是有特别的缘分，才让世界如此触手可及。

02

“各位乘客大家好，本次列车由方舱站开往健康站，祝您旅途愉快。”

一个穿黑色羽绒服的“列车员”推着小车过来，旁边坐着的“乘客”是医护人员。这是方舱医院的患者和医护人员表演的小品——《健康号列车》。

“水果饮料矿泉水，花生瓜子八宝粥，来，把脚挪一下，挪一下了啊。有没有需要的啊？”

这个“戏精”患者小哥，时而温柔：“你要什么呀，小姐姐？”

时而冷漠：“（没有钱）快走快走，不要挡我做生意。”

时而唠叨：“为什么总是吃薯片？薯片对身体不太好。”

这还不过瘾，“戏精”小哥还串演了一把“新冠病毒”，挂着“新冠病毒”的牌子大摇大摆地跑出来。配合他演出的大家纷纷抄家伙“冲锋陷阵”，扔“手榴弹”，最后“病毒”束手就擒。

这么一闹，大家开心了不少。

他本是一名热心志愿者，为医院运送物资、帮忙转运患者、上门送药送菜、接送医护人员上下班。不慎感染，住进方舱医院后，他无怨无悔，还当起外省医疗队和一些患者之间的“武汉方言翻译”，他还说：“等我病好了，就去捐献血浆。”

另一个治愈患者将出院名额留给别人，他为了爱人留下来：“我老婆昨天做了核酸检测结果还是阳性，没那么快可以出院，我要陪着她。我不想那么快出院，麻烦你把我的名额给其他治愈者吧。”

她是一个插画师，觉得在病床上的时间有点漫长，开始用漫画来记录方舱的故事。

她是一个瑜伽教练，每天下午三点在方舱医院开课。

看医护人员们太辛苦，一些患者当起了助手。

…………

一个诗人，在给医护人员写的诗中说：

时光终会带走你那神秘的容颜，

但我永远记得你那双可爱的眼……

03

还有一群最重要的人，最可亲可爱的医护人员，他们每天高强度地连轴工作，防护服一穿上就是6个小时甚至更长，其间不能吃饭、喝水、上厕所。

为了缓和病房沉重的气氛，避免防护服让患者产生压力和距离感，他们把自己逼出了“十八般武艺”。

他们带领患者做护肺操、广播体操，练八段锦，打太极拳，跳广场舞……化病痛为欢乐，化腐朽为神奇。

支援武汉的方舱医院护士小芳写下一行字：“希望疫情结束后，国家给我分配一个男朋友！我1.69米，比我高，有责任心就行！”湖北的武警、火箭军兵哥哥等纷纷发来视频回应称：收到！我们来啦！

为了患者心理健康，还有医生成了“知心网红”，一场直播的观看人数高达3.6万人。

他们举办“生日会”，给患者赠送“防疫香囊”，表演文艺节目，举办医护人员时装秀……医院里充满欢声笑语。

所有人唱响《我和我的祖国》，彼此相约：“等大家都出院了，我们要一起去看樱花，吃鸭脖、热干面、蛋酒、糊汤粉、豆皮、烧卖、欢喜坨、糯米鸡、面窝、豆腐脑、牛肉面、腰子粉……”

心愿墙贴满了留言：

“热干面加油，面窝加油，豆浆加油！”

“愿月余，疫病除，国泰民安！”

04

好消息纷至沓来。

许多方舱医院迎来出舱高峰：一所方舱医院剩下最后一名患者；医护人员跳起欢快的兔子舞，提前庆祝“留守儿童”出院；有治愈者请求，要铭记口罩下的“天使面容”。

网友纷纷感慨道：医护人员太难了！既要照顾患者，又要像照顾幼儿园小朋友一样带大家玩！

外国网友却看到了魔幻的现实，表示“惊呆了”：难道你们不害怕吗？

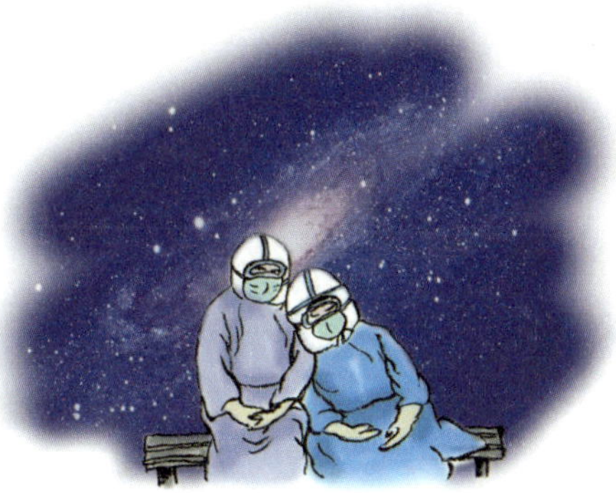

不用见日月
你就是星辰

病毒偷走我们的生活，却偷不走勇敢的心。

终于，武汉全部方舱医院休舱大吉。

一切都将过去，太阳照常升起。

方舱里的奇妙时光，是每一个在这里经历过的人的独家记忆。

而那些帮助他们重启希望的人，一定更懂得炽热生命力的可贵。

“90后”“00后”：我们能撑起一片天

01

好像每一代人，在小时候都是不被看好的。

20年前，“80后”被评价为“垮掉的一代”。

“80后”长大了，同样的评价又落到了“90后”身上。

现在的“90后”“00后”身上，更是不乏负面标签：叛逆、挑战权威、精致利己主义、任性冲动、好吃懒做、脆弱、丧……

老一辈常常看着他们摇头叹息、忧心忡忡：

真的能把我们国家的未来和民族的希望交给他们吗？

而这一次，在来势汹汹的新冠肺炎疫情面前，这个疑问句，变成了肯定句。

在各省区市援鄂医护人员大军中，“90后”“00后”人数达1.2万，占全体援鄂医护总人数的三分之一，是战疫队伍的生力军。

就像一句话说的，昨天还是父母眼中的孩子，今天已然成了新时代共和国的脊梁，成为国家的骄傲和希望。

02

实际上，种种质疑和标签并非空穴来风，其背后有着更深层次的社会原因。

经济全球化时代，“90后”“00后”一度被称为“互联网时代原住民”，在这个日新月异、社会秩序重构的环境中，新事物、新知识和新状况层出不穷，上演着一切皆有无限可能的“年代秀”。

不停流动，不断适应，不断变化，不断逃离熟悉却仍有束缚的故土，探索和追逐“水草丰美之地”，是“90后”“00后”的生活轨迹。这也让他们形成了一个明显的特质：多元。

他们个性又团结

这是新疆一家生产医用口罩的企业，决定在除夕当天恢复生产的时候，很多工人回老家过年了，来不及返岗。企业紧急招聘志愿者上岗，来自乌鲁木齐职业大学的160余名志愿者随即报名，通过筛选，21名志愿者顺利上岗。

这群十八九岁的学生，真的能适应苦闷和繁重的流水线作业吗？

是的，虽然此前并没有接触过口罩生产，但他们明亮真诚的眼神、跃跃欲试的神态，却让人动容。在老师傅的带领下，他们都成了流水线的熟练工。

为了提高效率，这些平时个性外露的年轻人学会了团结协作，他们分为三组，单个组次工作时间最长超过10个小时，还曾创下1个小时打包2万片口罩的成绩。

在严格消毒的无菌厂房过着集体式生活，他们坚持每天开小组会，讨论当天的生产情况，集思广益，商量着如何才能配合得更好，大家只为一个共同的信念：多生产，保障一线口罩供应。

“看到老师发布的招聘信息，我特别激动地报名了，觉得生产口罩是件了不起的事情。”一名志愿者说。

再将目光投向国外。1月23日，在美国就读高中的几名中国留学生发起成立“武汉加油·北美留学生组”志愿者团队。

“我们是一群来自国内外、平均年龄不到19岁的年轻人，为武汉行动起来，团结力量，募集善款和物资，支援一线的医务工作者。”

最初，只有六七人响应。

48小时后，上千名志愿者加入。

这些朝气蓬勃的年轻人浑身干劲，志愿者团队共募集善款90余万元人民币，开发运输线路29条，将消毒液、护目镜、N95口罩、医用手套等医疗防护物资送到武汉。

中途却面临无数挫折：有人因他们年纪小而怀疑他们的能力，有人在得到他们的个人信息后便打恶意骚扰电话，还有辛苦对接到一半的订单突然就没有了……

“虽然有时候会情绪低落，但还是坚持下来了。每个人都好像在一夜之间长大了，对自身的使命和努力的意义更加明了。”他们说。

这既是年轻一代的磨砺，也是他们最好的成人礼。

他们稚气又勇猛

身穿白色的防护服，白色的病床，白色的天花板，看起来是不是太单调了，再加点什么吧？

在防护服上画个奥特曼，打败病毒“怪兽”。

“我爱吃火锅。我要写‘火锅’。好想吃火锅，我要在防护服画上麻辣串串。”

“我也要我也要，我要写‘热干面’，等疫情过去我要大吃特吃。”

“‘甘愿赴汤蹈火去走它一遍’‘将青春翻涌成她’，这是我偶像写的歌词，哇，感觉好应景啊！”

“我今天帮一名患者下载短视频程序，他像是发现了新大陆一样，感觉他很开心，我也好开心。”

“你们看，你们看，我休息的时候做了个抗疫Vlog（视频博客），背景音乐《相亲相爱》还是我唱的呢。”

“‘小笼包遇上热干面，一条江系上两座城。’上海小笼包与武汉热干面顺利‘会师’啦，快去我的微信朋友圈点赞！”

…………

防护服隔离病毒，但束缚不了一个个年轻自由的灵魂，他们总有办法把生活玩出花样。

拥有一头青丝的单霞决定剃光头发上战场。她说：头发没了还能再长，节省时间救人最重要！

体重只有45公斤的丽娜，看起来弱

不禁风，当搬运与她体重相当的氧气瓶或肩扛桶装水的时候，却又是“那样汉子”。

作为独生女，刘家怡“先斩后奏”报名支援武汉，直到临出发才告诉父母。“穿上防护服，我就不是个孩子了。”

海南省第四批支援湖北抗疫医疗队中年龄最小的一位——陈玉婷说，要给14岁的弟弟带个好头。她觉得自己的思想成熟了，终于可以为社会做点事情了。

“去它的病毒！”进隔离区之前，不到20岁的谢佳慧在防护服的左臂位置，写下了这几个大字。

我就是我，不一样的烟火。

他们孤独又坚毅

腊月二十九，湖北各地已经封路，1996年出生的荆州农村女孩甘如意，决定从老家赶往300多公里外的武汉的卫生院上班。

打不到车，她骑上自行车就出发了。父母很担心，一来不想女儿身赴险境。二来那么远的路程，骑自行车得五六天才能到，一个小姑娘出门在外，万一遇到危险怎么办？一路上找不到吃的、住的地方又怎么办？

“我必须去，科室就两个人，同事和患者都需要我。找不到住处也只能连夜赶路。”没有太多犹豫，如意带上两天的干粮，推着自行车就出发了。父亲很担心，送了她一程。

第一天，在亲戚家落脚。她没有让父亲再送下去。

第二天，她骑车来到荆州长江大桥，自行车不让过，她就步行，一直走到天黑，才到了荆州城区。手机也没电了，幸亏碰上好心人，给她找了住宿的地方。

第三天，她找到一辆共享单车，跟着手机导航继续前进。天下起了小雨，她浑身湿透，眼泪都下来了，当晚8点，终于到达潜江。路口执勤的警察很惊讶，赶忙帮她找了住宿的地方。

第四天，警察帮她找了一辆去武汉的顺风车。当天中午12点多，她在武汉汉阳下车，手机又没电了。于是她沿途问路，终于在下午6点，抵达工作单位。

那一刻，她喜极而泣。

她的“一意孤行”，却那么让人心疼。

15岁的珺延，寒假去远在印度尼西亚的舅舅家度假，不久后国内疫情暴发。舅舅筹集了2万多片口罩，却没有人愿意冒险带回国内。珺延发话了：“我可以坐飞机运回去。”

于是，他一个人带着5个行李箱，踏上回国的路。

“90后”“00后”很多都是独生子女，当父母将全部期待和呵护落在身上时，他们会变得敏感而孤独，爱的压力常常使他们喘不过气来。

也许，让他们重新发现自身的坚毅、担当，承担一些为了他人、为了社会、为了国家的责任，正是成长的升华之路。

03

“苟利国家生死以，岂因祸福避趋之。”

自古以来，任何一个时代的进步，都离不开热血青年。他们前赴后继，用强壮的思想之魂、血肉之躯铺就国家和民族发展之路。

1915年，正值内忧外患时刻，陈独秀、李大钊、鲁迅、胡适等一批青年推动新文化运动，打破新旧文化壁垒，各种新思想、新文化之血液势如泉涌，于冲击中融合。他们在《新青年》等阵地的疾呼，使“青年得此，如清夜闻钟，如当头一棒”。

1919年5月4日，北京大学等十几所院校的学子为民族危亡而奔走呼号，引发社会各阶层和广大群众的爱国运动，实现了自鸦片战争以来的第一次全面觉醒。这是属于青年们的力量，这一天被定为“青年节”。时至今日，“爱国、进步、民主、科学”的五四精神依然振聋发聩，流淌在中华儿女的血液里。

1921年，来自不同地区的13个青年聚集于上海，后辗转至浙江嘉兴南湖红船，他们干了一件开天辟地的大事——宣告中国共产党正式成立。这是中国历史崭新的一页。这些人的平均年龄，只有28岁。

他们可不是孩子。他们是祖国的脊梁。

他们的骨子里有干劲，有激情，更重要的是，爱国。他们将个人命运与国家命运紧紧联系在一起。

吾与吾国命脉相连。

如今，在经济全球化的时代，不仅是国家，全人类的命运都紧密相连。“90后”“00后”肩上扛着的，是更加艰巨而前所未有的重担。上一代把精神的火炬交付他们手中，而未来的道路，将由他们去开创。

李大钊曾说：“一切之新创造，新机运，乃吾青年独有之特权。”

“90后”“00后”，在这次抗疫中，交出一份令人满意的答卷，也给了全国人民一个响亮的回答：

“以前，你们保护我们。现在，让我们为你们撑起一片天！”

中国那些不为人知的经历

截至4月21日，中国境内新冠肺炎死亡病例4632例 。

几个月前，他们还那么蓬勃地活着——工作，带娃，和家人吃饭，跟同事开玩笑，计划着下个月的项目……

随着他们的离去，我们经历了难以言说的哀痛，也在艰难地等待曙光。

从至暗到黎明，这数十天，太不容易。

哀 痛

武汉市汉口医院。

医生想给一个患者喂点水喝。

水有点热，患者说“等会儿再喝”。

医生放下水，再转头，患者已经不行了。

她去世了。

这名医生向记者转述时，满脸的哀痛和绝望：“她说太烫了，等下喝，人就没了……”

他垂下头，好像自己犯了多大的错。

下一个镜头，遗体已经被装好，抬了出来。

殡仪馆的车，已经等在门口了。

对逝者家属来说，这是一个难以接受的噩耗。

而对医生来说，其实也一样。

他们昼夜不息地奔波在一线，拼尽全力救治每一个确诊患者，奔跑着，叮嘱着，绞尽脑汁想办法，希望能通过自己的努力，把患者从死亡线上拉回来。

可是，那些对他们充满期待的患者，还是一个个在他们的眼皮底下，走了。

噩　梦

疫情之初，这样充满挫败感和无力感的伤痛故事遍布武汉。

26岁的护士吴怡颖，负责武汉市金银潭医院ICU的4个病床。

她的日记写下生离死别。

她常常感到特别震惊，眼泪在眼眶里打转。

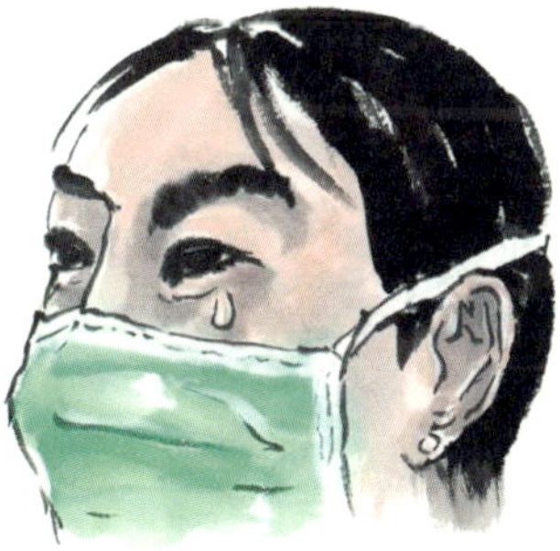

她说：“我在重症监护室待过，可从没经历过这么频繁的送别。”

“有的人之前还好好的，还能玩手机，前一天还跟我说‘加油’，我也回了一句‘加油！’，结果一下子就没了。”

2月15日，18床的患者离世时，她正当班。

她给遗体消完毒，裹上床单，推到楼梯口，等殡仪馆的车来接走。

从病房到走廊楼梯口，只有50米，平时十几秒的路，她走了8分钟。

这50米，她觉得无比漫长。

她说，我多么想，这一切，都只是一场噩梦。

艰　难

这个可恶的病毒，飞沫传播，接触传播，粪口传播，无症状感染，治愈还可能复阳……

它会攻击患者的心脏、肝脏、肾脏，可以让人从重症变成危重症，甚至突然就死了，根本不给医生和家属应对和缓冲的时间。

这些可怕的特质，让这场疾病如恶魔般，在人间肆意横行。

《南方人物周刊》报道称，春节前后，武汉大量发热患者在恐慌中涌入医院，有的发热门诊拥挤到只能侧身而过，人们在其中吸气、呼气、挂水、吸氧和询问。

医生护士也在战斗中遭受重创。

武汉市中心医院，不少医护人员感染，一些人必须住院，还有的在家隔离。

在岗的医护人员不仅要每天面对超负荷就诊工作，连防护用具也没有了，他们不得不在网上请求援助：不是告急，是没有了。

另一家二甲医院——武汉市红十字会医院状况也一样：

所有床位都住满了，走廊过道上也挤满了留观患者，患者和陪护的家属挤在一起……门诊本来一天只能承载800人，但当时一天涌来了2700人，患者一直排到街上。连医院外面都有正在输液的患者，吊瓶就挂在树枝上。

本已紧缺的医护人员，又有不少人因感染住院以及隔离。

大年初一，四川援鄂医疗队来到这家医院。

领队黄晓波说：“三位医护人员一看到我们，当场就哭了，说援军终于来了！”

援　军

危难时刻，援军来了！

1月23日，武汉“封城”，大批医护人员从全国各地奔赴湖北。

几乎所有城市，都派出最精干的力量。

2月7日，1.1万名医护人员到位。

一周后，2万多。

又一周，3万多。

截至3月中旬，已有340多支医疗队、4万多名医务工作者冲上湖北一线。

医疗物资也源源不断地运往湖北。

国内几乎所有的相关工厂，都紧急开工，不眠不休地生产。

之前，我国防护服的日产量不足2万件，3月初飙升到50万件。

N95口罩日产量从之前的20万片提高到160万片。

这些，都给了湖北巨大的帮助。

医院，慢慢地缓过气来。

湖北，有序地恢复元气。

生死决战

一个多月里，几乎所有人都过得辛苦而煎熬。

有护士讲，连喂饭这样的小事，都不容易。

重症患者需要戴氧气面罩，吃饭又必须拿开。

一拿开，他们就喘不上气。

护士就只能喂一口饭，给他们戴一会面罩，摘下，再喂一口饭，又戴上……

一小碗稀饭加一个包子，要喂一个半小时。

另一名医生，讲过一个故事：

一个患者生完宝宝后一直昏迷，孩子18天了，她还没醒。

大家都为她捏一把汗。

每天，护士都会在她耳边播放小宝宝的哭声音频，跟她说：“你快睁开眼睛看看啊，你宝宝的照片就在床边呢。”

看似平静的画面，其实是一场生死决战。那边可能是死神，这边是妈妈、宝宝和医生护士。

医生说到最后，哭了：“我们真的非常想救活她。她才25岁……”

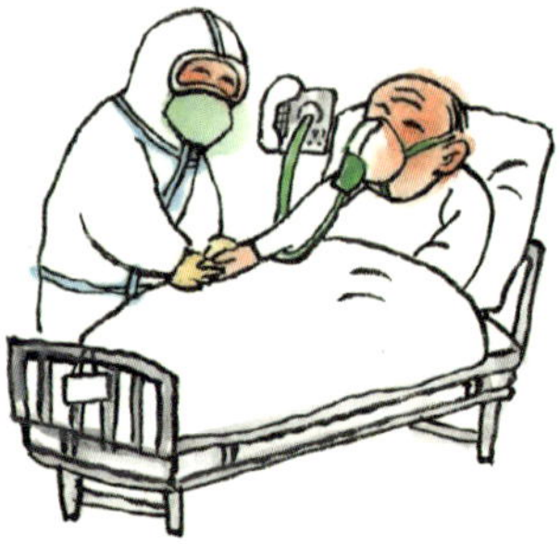

哪有什么白衣天使
都是花季的小姐姐
奋力逆行在硝烟最前线

年轻的妈妈能醒过来吗？

死神和医生，谁会赢？！

当时没有人知道。

但在医护人员和患者的努力下，越来越多的好消息传来。

2月27日上午，华中科技大学附属同济医院，一个危重症患者在撤掉ECMO（体外膜肺氧合）后，坚强地挺了过来。

看着他的生命体征恢复，现场医生激动地连喊三声：活过来了！

活过来了！活过来了！

然后下意识地竖起大拇指，为顽强的生命力点赞。

“活过来了！”原来，这才是世间最感人的语言！

这个特殊时期，医院每天都在进行这样的生死决战。

此前，医护人员使尽浑身解数，却无力阻挡患者的逝去。

他们心头，积压了太多沮丧和悲痛。

随着医护人员越来越多，患者越来越少，床位越来越足，设备越来越全，方案越来越成熟，新冠肺炎致死率一天天下降。

越来越多的患者，一天天好起来了。

医院一天天恢复秩序。

令人恐慌的疫情，渐渐得到控制。

齐心死守

为战“疫”努力的，绝不只是医护人员。

有太多普通人，也在和国家一起齐心死守。

这是一名普通的消杀人员。

深夜，他背着几十公斤的消毒液给隔离病房消毒。

忽然，脚下一滑，他猛地摔在地上，半天都没起来。

他还是艰难地爬起来，又接着干活去了。

疫情期间，消杀人员有几万人。

他们穿着密不透气的防护服，背着二三十公斤的器械，一干就是几个小时，个中辛苦，常人难以体会。

坚守一线的工作人员，还有很多很多。

这是一名百岁老兵。

他特地换上军装，去给国家捐出2000元积蓄。

这份钱，我们收得于心不忍。

但这份大爱，足以感动所有人。

还有一名坚守战“疫”岗位的老大爷。

风雪中的坚守，使他几乎成了雪人。

但是职责在身，没想过后退。

这样坚守一线的战“疫”者，遍布祖国的每个角落。

战“疫”，是由14亿人齐心协力、共同进行的。

3月5日，世界卫生组织的专家科霍夫说：

“最让我感动的是，我们遇到的每个中国人，都知道自己在这次疫情中的角色，知道自己该怎么做，知道如何保护自己，如何保护家人，如何配合集体控制疫情。”

病　愈

14亿人的努力，终于让疫情一点点地有了转机。

新增确诊人数日渐减少，患者纷纷治愈。

2月16日，武汉大雪。

火神山医院有4名患者病愈出院了。

医生护士一起把他们送上回家的车。

病区主任目送车开走，转头就哭了：这是我们胜利的果实。这段时间，医疗队十分辛苦……

好在，终于看到了胜利的曙光。

一家方舱医院有一个9岁的小女孩出院了。

她的一家四口分散在四个隔离点，所以，她是一个人离开的。

医疗队把她送上了车。

小女孩上车后，朝医疗队用力挥手，哭着说：“我替武汉，谢谢你们！”

这么多个日日夜夜，每个人都在付出，但这句谢谢，让一切辛苦，都值得。

2月27日，湖北英山县新冠肺炎患者清零。

当晚7点，在此援助的湖南医疗队离开英山县，奔赴黄冈市内支援。

英山县县长带着当地医护人员，以当地最高礼仪，为医疗队送行。

一路艰难，一路陪伴。

感谢的话不多说，就让我们，给你们鞠个躬吧。

天亮了

援鄂医生刘凯，护送87岁的老人去做CT的途中，发现夕阳正好，就停下来，和老人一起静静欣赏日落。

日光很暖，背影也很暖。

虽是落日，却更像朝阳。

一个多月来，必胜的信念就像这一束光，照亮前路，引领我们前行的方向。

而我们终于在熬过一次次的悲伤、沮丧、惶恐后，迎来胜利的曙光。

至暗时刻，终于过去了。

武汉的樱花已经开了。

开在武汉的角角落落，也开在每个人心里。

我们坚信，风雨过后春更暖。一切，必将越来越好。

武汉会好！中国会更好！

41支医疗队撤离武汉：这一刻，我听懂了国歌

武汉："我把他们还给你们了。"

疫情发生以来，各地援鄂医疗队义无反顾地奔赴湖北，人们用心地给每个省、自治区、直辖市的医疗队取了又飒又有爱的队名：

北京——京兵强将；上海——沪你周全；河北——冀来之则安之；重庆——渝战渝勇；山西——竭晋全力；浙江——浙风挡雨；湖南——湘互扶持；广东——粤来越好；云南——拨云见日；甘肃——甘苦与共；宁夏——安国宁家；新疆——同新协力……

当时，武汉有网友说：这都是我们借你们的，等春暖花开，我们一定好好给你们还回去。

樱花开了，武汉履行承诺。41支医疗队完成使命，3月17日起，陆续离开武汉，踏上归程。

武汉为医疗队举行了简朴而温暖的送行仪式。国务院副总理、中央赴湖北指导组组长孙春兰前来送行。湖北省委书记应勇说："湖北永远是你们的第二个家。疫情过后，欢迎你们和家人到你们曾经战斗过的地方，再来看一看。"

医疗队启程，回家。

当时，武汉还在封闭状态，没有人山人海的送行场面。

医疗队的车开走，之前入住酒店的经理偷偷抹起了眼泪。

有志愿者穿着玩偶服，举着“谢谢”的牌子，为他们送别。

山东医疗队离开医院时，最后一个撤离的医生和武汉当地医务人员互相鞠躬告别。

天津医疗队路过居民小区，武汉市民自发在阳台为他们送行，齐声大喊：再见了，谢谢白衣天使！祝你们一路平安！

这就是人间真情。

虽然我们彼此陌生，但你们为我们付出过，我们都知道，我们永远都会记得。

谢谢你们，为武汉拼过命。从此以后，你们和武汉，就是过命的交情了。

听到家家户户传来的一声声感谢，医疗队的姑娘们深深鞠躬，含泪回谢。回程的路上，很多人也都哭了。两个月的战“疫”，说长不长。但这一仗，打得实在艰辛。

今日的成绩，来之不易。多少泪，多少怕，多少困苦和煎熬，多少压力和感动，翻涌心中，难以言说。

犹记：4万医护上战场

想起一首诗，一个护士长写的。那是疫情之初，情势紧急，浙江22岁的护士余赛婷主动请缨，要去武汉。护士长吕敏芳心中不忍，却还是同意了。

医疗队出发后，她写下了一首诗《我把最小的娃送上了战场》：

…………

我把最小的娃送上了战场

报名的那刻，你的坚定，我的忧虑
确认名单的那刻，你的果断，我的迟疑
我把最小的娃送上了战场
娇小的身躯，庞大的行李箱
负重前行的身影，如此壮美
我把最小的娃送上了战场
稚嫩的肩膀需要学会担当
风雨的世界需要去搏击翱翔
我把最小的娃送上了战场
送别你的那刻，你扑上来拥抱
我佯装冷静，内心汹涌
两次“阿长，我走了”
我泪如雨下，却无声
隔着口罩，恣意流淌
…………
我知道，穿上战袍，你就是战士
没有年龄，只有战斗
…………
等你归来！

你像是我带大的小孩
如今要去别人那里当大人

疫情发生以来，4万多名医护就这样上了战场。他们是父母的孩子，或者孩子的父母。

他们都有满腔的不舍和牵挂。但是他们含泪挥别家人，披上战袍，开始战斗。

他们答应家人“一定会平安回来”。但，这一场直击死亡的战斗，谁又能保证自己不会倒下？

也怕，也难，但不能退

讲讲殉职医生彭银华的故事吧。他才29岁，春节前还在筹划给老婆一场盛大的婚礼。

疫情汹涌而来，所有医护人员忙到极限，两天的时间，彭银华接诊了300个病例，因为过度疲劳，抵抗力下降。大年初一，他感觉不太好，故作轻松地笑着跟同事说：“好像中标了。”

很快，他住院了。同事去看他时，大家说说笑笑，商量着要去闹他的“洞房”，还说疫情过后要一起出去好好玩一次。

而他的身体状况，却越来越差。一动就喘气，吃东西也很费力，行动特别困难。他每天在科室的微信群跟同事汇报情况：

“体温有波动。”

“差点见不着你们了。”

“邻床的奶奶刚刚走了，我才意识到原来死亡离我这么近。”

…………

大家都盼着他好起来。

可是2月20日晚上，医院同事得到消息，“彭银华已经不在了”。那天，想转达消息的护士长，在科室微信群里问：“都在吗？”几个人回：“在”“我在”。谁也没有再说什么。大家都猜到了。

同事殷德群说，他很恍惚，手在抖，但手头有工作，还有大量的患者，他不敢放任悲痛。

另一个同事说：“其实家人是不希望我们继续工作的，我爸妈憔悴了很多，我更不敢想象彭银华的爸妈现在的状况。从来没想过在和平年代，我们会在一线，你说怕吧，确实怕。但我们职责如此，只要疫情不散，我们是不可能退缩的。”

这是很多医护人员的心里话。也怕，也难，但职责在身，不能退。他们也都知道，“虽然我只是个小医生、小护士，但这么多小医生、小护士在一起，力量是巨大的”。

感恩：你们付出的，我们都记得

庆幸的是，每一个医护人员的付出，湖北人民都记得。故事太多，只讲三个镜头吧。

镜头一：

武汉患者郑先生在住院之前，已经发病12天，整个人陷入绝望。山东大学齐鲁医院的医疗队到来后，他被收治入院。他曾哭着对医护人员说，他是家里的顶梁柱，不能就这样离开了。经过治疗后，他的情况大大好转，心中十分感激。2月28日上午，郑先生按响了呼叫铃，想请护士帮他录一段视频。

视频里，他哽咽着说：

“徐亚楠、段广娟、周晓宇、汪振军、田慧、麻亮……虽然隔着防护服看不清你们的样子，但你们的名字我都记在心里。我们可能只是你们生命中的匆匆过客，但你们是我们的转折点，你们给了我们第二次生命。”

说着，郑先生和旁边的病友一起向医护人员深深鞠躬致谢：“在我已经绝望的时候，是你们把我拉回人间，让我又看到了这个春天。”

这种感激，只有经历者，才懂得吧。

镜头二：

一个大叔治愈出院了。回家之前，他请求医生摘下口罩，想看看救命恩人的样子。医生笑着摘下口罩，点头致意。大叔一再鞠躬致谢。医生温厚的笑脸，想必会永远留在他心里吧。

镜头三：

2月16日，襄阳，辽宁医疗队的通勤车在斑马线前等红灯。几个行人走过，看见是医疗队的车，纷纷挥手致意，有的拱手致谢，有的双手比心，有的微微鞠躬。车上的司机和医护人员，红了眼眶。

只是匆匆一个瞬间，却胜过万语千言。那些来不及思考的举动，最能表露人的真心。一定是内心满怀着感恩，才会本能地做出这样的表达吧。

逆行的医护人员很美，感恩的民众更美。

清零：如释重负

之前有一张照片流传很广。3月9日晚，武昌方舱医院患者全部出院。江文洋医生结束了在方舱的最后一个夜班，躺在一张空床上，如释重负。

而之前，这里人满为患。

从住满患者，到清空关门，这期间的艰苦，可想而知。方舱医院“清零”了，武汉各大医院的新冠肺炎患者也康复在望。

武汉胜则湖北胜。湖北胜则全国胜。

总算，快要好了。患者都回家了。医生、护士，也终于可以回家了。

听懂了国歌

医疗队撤离。

武汉千名交警以最高礼遇，护送白衣天使前往机场。

到达机场，机场民警列队相送。

山东、甘肃、四川等地的医疗队在机场齐齐集结。

候机时，不知谁起了头，大家唱起了国歌。

《义勇军进行曲》，中国人都会唱。但是这一刻，我们好像忽然听懂了：

中华民族到了最危险的时候，

每个人被迫着发出最后的吼声。

起来！起来！起来！

我们万众一心，冒着敌人的炮火，前进！

这次疫情，让我们措手不及，让我们悲痛难过，但也让我们清楚地看到：到了危险的时候，中国人民的确能够万众一心，前进！

经此一役，你有没有对这个国家，更加信心百倍？！

我们来接你们回家

这次医疗队返程，每个医护人员都收到了一张特别的登机牌：

航　班：胜利号

登机口：凯旋门

始发站：武汉

目的地：美丽故乡

日　期：抗疫胜利日

右边，是16个大字：

最美逆行，同心抗疫。英雄凯旋，感恩有你。

这两个月里，说了多少次“盼英雄凯旋”，今天，我们终于等到了！

还记得东方航空公司的乘务长吗？1月30日，疫情正凶，她在送江苏

援鄂医护队飞往武汉的航班上，哽咽广播：“我们的飞机就要开始下降了……今天，你们不仅是天使，也是英雄，辛苦了……等你们完成任务，我们接你们回家！”

时隔47天，江苏医疗队要回家了。机长在广播里说：“尊敬的白衣天使，今天，我们履行约定，来接你们回家。幸得有你，山河无恙。”

飞机落地后，机长打开驾驶窗口，挥舞五星红旗。

五星红旗，我们都为你自豪！

一个不少地回来了！

3月17日，山东航空派出两架包机，迎接342位山东医疗队的英雄回家。航班抵达济南遥墙国际机场，消防队打出两道水门，寓意“接风洗尘”。这是民航界的最高礼仪。

医疗队员走下飞机，队长吕涌涛高声汇报：

今天，我们圆满完成了任务！一个不少地，回来了！

这是我们期待了太久的时刻。

谢谢武汉，把他们好好地还给了我们。相信未来，不管再遭遇什么，中国人民都会携手并肩，迎难而上。相信有我们14亿兄弟姐妹在一起，无论遇到多大的坎，都能过得去。

相信我们的大中国，明天一定会更好！

侠之大者

钟南山：老百姓心中最敬仰的山

“还是握一次手吧！”李克强总理对钟南山院士说。

1月30日，为了有效应对疫情防控工作，国务院总理李克强在中国疾控中心主持召开座谈会。非常时期，总理本已将握手礼改为拱手礼。但在最后一刻，他与钟南山院士的手还是紧紧地握在了一起。

钟南山曾经是非典时期的英雄。这次新冠病毒袭来，让这位老人重回公众视野。

2003年，非典肆虐。67岁的他说：把重病人都送到我这里来。

2020年，武汉有难。84岁的他告诉公众“尽量不要去武汉”，自己却登上北去的高铁。

2020年1月18日傍晚，他在结束一天的工作后，紧急登上去武汉的高铁。没有座位，他挤在餐车一角，疲惫地睡着了。

随后，他频繁出现在媒体上，告诉人们发生了什么，该怎么办。

他说的每句话，人们都信。在民众眼里，他代表正直，代表科学，代表可信。

疫情初期，正值春节，人们都“宅家”不出门。微信群流传着这样个段子：初一一动不动，初二按兵不动，初三纹丝不动，初四岿然不动，初五依然不动，初六原地不动，初七继续不动，几时能动？钟南山说动才动！

可见人们对钟南山的信任。

全力战“疫”！

从夜驰武汉开始，84岁的钟南山院士分秒必争地为抗疫操劳。一边与病毒赛跑做研究、与专家研讨、远程会诊，一边接连参加新闻发布会、接受媒体采访、呼吁人们注意防范……

这是一份他在疫情期间的每日工作清单：

2020年1月19日　上午，出席国家卫健委高级别专家组碰头会，会后前往武汉市金银潭医院和武汉市疾病预防控制中心了解情况。

下午，开会研判疫情。

傍晚，武汉飞北京，于晚上8点左右到达，即往国家卫健委开会，凌晨回到酒店。

1月20日　早上6点，起床准备材料，早餐后出门，列席国务院常务会议，就如何遏制疫情扩散等提出具体建议。

下午，出席国家卫健委新闻发布会。

21：30，接受央视主持人白岩松采访，首次公开明确：“肯定有人传人的现象，同时医务人员也有传染，要提高警惕了。”

1月21日　上午，从北京返回广州。

下午即出席广东省首场疫情新闻发布会。

1月22日　一早奔赴澳门，与当地主要负责官员会面，对澳门的防控措施提出指导性建议。

当晚赶回广州。

1月23日　上午10时起，武汉“封城”。此前，钟南山就曾提出，武汉应当全面封城。

当晚，广东在全国率先启动重大突发公共卫生事件一级响应。（浙江、湖南同日启动。）

1月24日　除夕，在广州医科大学附属第一医院（即“广医一院”）同大家奋战在一起。巡查新住院大楼负压病房。

1月25日　大年初一，谣传“钟院士被感染”。他当天早早来到医院，谣言不攻自破。

晚间主持新冠肺炎潜在治疗药物临床研究方案讨论会，至深夜。

…………

疫情发生以来，这位84岁的老人就这样日夜奔波。

着实令人感动，令人钦佩！

“叛逆”，改写非典的结局

钟南山院士在抗击非典中战功赫赫。

广东省主要领导说：如果没有钟南山，抗击非典的结果可能要改写。

这句话背后，是一个惊险的故事。

2002年11月，广东出现第一个非典病例。疾病随即传播开来，感染人数不断增多，却无药可医。

你能想象那种局面吗？一开始，患者涌进医院，医生护士接连被感染，但入院患者只能接受保守治疗，病情却在一天天恶化。

医学专家都在拼命想办法。前期，有专业人士建议使用抗生素治疗，获得媒体大量报道。在当时的局面下，大部分人倾向采纳这个建议。

只有钟南山坚决反对。因为他试过很多次，抗生素对治疗非典患者根本无效。

他顶住压力，多次疾呼：不能使用抗生素！

公开挑战专业和同行，是很“没有情商”的行为。

钟南山后来跟朋友解释：“这不是一般的学术争论，事关患者的生死，耽误时间，用错了药，就可能多死几百人。”

通过翔实的研究，钟南山最先摸清非典的基本真相——“是病毒感染引起的肺炎”。

因为他的坚持，广东在非典防治中没有走更多弯路，广东省非典病死率全球最低。而钟南山院士团队当时提出的行之有效的救治方法，也成为我国非典诊治指南的基础，大大提高了非典的治愈率，明显缩短了患者的治疗时间。

如果不是钟南山院士的“叛逆”，也许非典的结局真要改写。

“灾难面前，不能扯淡”

钟南山院士的“叛逆”，远不止那一次。

2003年4月，卫生部在北京召开新闻发布会，相关发言人宣称“疫情已经得到有效控制”。

只有钟南山院士直言：“什么叫已经控制？根本就没有控制！目前病原都还没搞清楚，你怎么控制它？”

他知道这样说话意味着什么。他事后透露，参加新闻发布会前，他在父亲的坟前站了很久，最后下定决心要说真话。

他坚信“真话和真药一样重要”：

“当时全国疫情都在蔓延，我们研究所的医生都倒下了20个，实在不能扯淡。”

“非典是疫情，社会上的谣言和恐慌则是另一场疫情。现在回头看，后者的破坏力更大。”

他的“叛逆”精神，正是一个科学家的良知和勇气。

灾难之下，最见人性。

有人大敛横财。

有人惊慌失措。

有人避之不及。

也有像钟南山院士这样的人，于危难中挺身而出，奋勇向前，左手对抗灾难，右手托住真相。

这样的人，才是国家栋梁、民族脊梁！

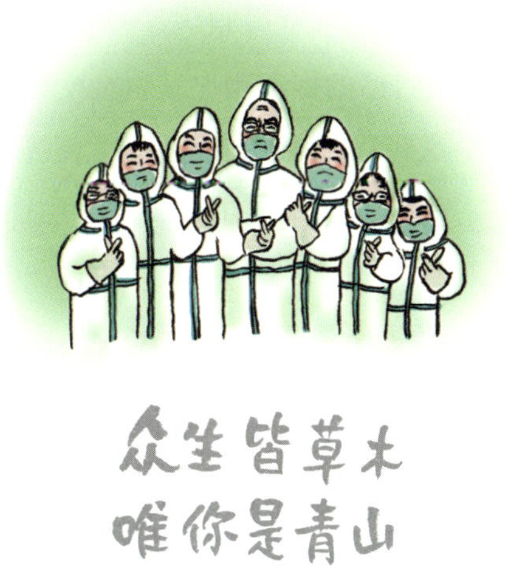

他心中，有信念

钟南山，1936年生于一个医学世家，父亲钟世藩是享誉国内外的儿科专家，母亲廖月琴曾任中山大学肿瘤医院副院长。

因为出生的医院地处南京钟山以南，所以父亲为他取名“南山”。

儿时的他经常去医院，眼见父亲全力治病救人，从不懈怠。

他的家里，也经常有家长带着孩子来看病。孩子康复后，家长高兴，他父亲也很开心。

钟南山说：“那时候我就觉得，医生能给别人解决问题，会得到社会的尊重，有很强的满足感，这是我热爱这个行业的一个原因。”

所以，他对“治病救人”这件事，有着强烈的信念。

他说，中学老师曾经告诉他：

“人不该单纯生活在现实中，还应生活在理想中。人如果没有理想，会将身边的事看得很大，耿耿于怀；但如果有了理想，身边即使有不愉快，与自己的抱负相比，也会变得很小。”

这些话，钟南山践行了大半辈子。

所以，他才会在非典疫情最肆虐时，坚毅地说“把重病人都送到我这里来”。

他觉得，那是使命。

非典疫情期间，他曾连续工作整整38个小时。最后查完病房走出来时，他感到天旋地转，因过度劳累而病倒。他发烧、乏力，甚至出现了肺炎症状。

但他悉心观察体会，觉得不是非典，就把自己隔离在家治疗。几天后，症状消失，他又立刻回到医院，继续投入战斗。

一颗济世之心，一腔赤子热忱，一身高超医术，一座精神高峰。

有这样的人负重前行，是国人的幸运。

路见不平就发声

2003年之后，钟南山的名字渐渐在公众视野中淡去。他在坚持业务研究之余，仍不时发声。几乎每一次，都“剑”有所指。

他质疑新药上市流程不规范，厉声发问：

“临床45年，有的药我都叫不出名字，这么多新药是怎么出来的？同一种药能有十几到几十个名字，往往是一种药品改个名，摇身一变，就成了新药，‘身价’立刻飙升。这些批号是怎么拿到的？这些问题到底谁来把关？”

他看不惯空谈，直接“开怼”：

“现在大家的发言，八分钟是肯定和表扬，两分钟是自我表扬，最后一分钟提点问题，而且还鼓掌，我一直想：鼓什么掌呢？”

他坚持对公共事件的发声。

在人们还不知道PM2.5（细颗粒物）为何物时，他就多次呼吁检测公布PM2.5数值，并提出“灰霾与肺癌有极大的关系。”2014年，世界卫生组织把室外空气污染列为一级致癌物，印证了钟南山的观点。

他自己说：

“我老有一种感觉，好像专门喜欢跟谁较劲，老觉得不管走到哪儿，自己都不太受欢迎。”

但他想来想去，还是决心做一个耿直的人，但求无愧于心。毕竟“科学只能实事求是，不能明哲保身”。

自己“打脸”

偶尔，钟南山也会出错。

2009年5月，他面对媒体“自我检讨”：

“我说甲型流感与普通流感的病死率相似，应该是说错了。确切的数据应该是普通流感的病死率是百分之零点多，而甲型流感是百分之一点多，其病死率要高于普通流感。”

虽然已是极受推崇的“大神”，但他始终保持头脑冷静，遵循科学精神，发现错了，就主动站出来，自己“打脸”。

比起一些讳莫如深、嘴硬“甩锅”的人，“南山风骨”的确是风清气正。

钟南山说：“我接触过许多真正有学问的人，他们敢于肯定自己，也敢于否定自己。对的东西，他敢坚持。但经过实践发现是错的，他也敢否定。否定自己有时比肯定自己还要难。我要按照事实来说话。一旦事实证明我错了，我就要纠正过来。”

“错了，就要承认并改正。”这本该是常识。

但我们一些成年人，因为面子、利益，因为各种复杂心理，往往很难做到知错就改。出了错，还不认，那谈何改变，谈何进步？

毫无疑问，一个敢于认错的科学家，才可能是优秀的科学家。一个坦诚接受“打脸”的人，才能成为优秀的人。

所以，老百姓信他

仔细看钟南山院士的采访，会发现他有一个口头禅：“我实事求是地……”

每次他预估自己要说的话不太中听时，就会沉吟一下，说：“我实事求是地讲……”，后面接的一定是大实话。

他严格秉承一个科学家的品质，客观、诚实、有一说一。

包括应对新冠肺炎。在他开口之前，我们对病毒的危害所知甚少。

很多重要的关键信息，都是经由他首先告诉我们的。

《人民日报》的微博这样评价道：84岁的钟南山，有院士的专业，有战士的勇猛，更有国士的担当。一路奔波不知疲倦，满腔责任为国为民，的的确确令人肃然起敬！

所谓医者，妙手仁心。这世上缺回天的妙手，缺无畏的仁心。钟南山院士二者兼具，受到老百姓敬仰。

我的同事说，她妈妈本来有点为疫情恐慌，但有一天从电视上看到钟南山，就跟她爸爸说：“看到钟南山，我心里就踏实了。”

她爸爸说：“我也是。”

没有太多溢美之词，老百姓这句“看到钟南山，我心里就踏实了”，就是最大的赞美和信任。钟南山院士，配得上这赞美、这信任。

愿南山院士，寿比南山。

愿南山之外，南山辈出。

李兰娟：这辈子愿做一名好医生

钟南山，一个家喻户晓的名字。而许多人对当年与钟南山院士共战非典，如今一同再战新冠肺炎的李兰娟院士却知之甚少。

李兰娟，何许人也？

——中国工程院院士、浙江大学附属第一医院主任医师、传染病诊治国家重点实验室主任、中国人工肝开拓者。

她是国内感染病学科唯一的女性院士，也是提出武汉"封城"建议的人。

这位与钟南山齐名的73岁女性，向来留给公众的印象都是严谨、沉着。她总是从容自若、认真地说出每一个字，回答每一个问题，永远给人安定的力量。

她神态平和、眼神慈祥，宛若江南园林中一朵散发着清幽之气并蕴藏着坚毅灵魂的兰花。

战役不成功，我们不撤兵!

2月20日，李兰娟从武汉大学人民医院东院区ICU出来，她微笑致意，脸上口罩、护目镜的勒痕清晰可见。有网友说，她的笑容给人信心和鼓励，意味着胜利和希望。

作为中国工程院院士、国家卫健委高级别专家组成员，她和广大医护人员一样，身赴一线，进入“红区”查房。

“面对面交流是增加他们(患者)信心的一种方式。”李兰娟如是说。

这是李兰娟的再度逆行。

早在1月18日，李兰娟临危受命，奔赴武汉，与钟南山等一道考察疫情防控形势。她认为事态严重，建议当地政府采取“不进不出”措施。

1月22日，李兰娟向国家提议：武汉“封城”抗疫，刻不容缓。

次日，武汉“封城”。事实表明，这是非常时期的非常之举。

看到武汉确诊人数大幅增加，她主动请缨带队驰援，说：“我希望早一点赶到武汉，解除患者的痛苦。尽可能更多地抢救危重症患者，尽自己的一份力量。”

2月2日，李兰娟院士医疗队抵达武汉，队员包括感染病学、重症医学、院感、护理等专业的人员。

她说：“这一次，我来当一个医生。”“国家需要我待多久，我就会待多久。”“这场战役不成功，我们就不撤兵！”……

从晨光熹微到夜空静谧，73岁的李兰娟，每天从早上8点开始工作，常常到次日凌晨两点才能休息。在疫情防控形势严峻的时期，她每日只睡3个小时，始终坚守一线。大家担心她，她总是笑着说：“我身体蛮好的。”

李兰娟身赴一线，很大程度上提振了公众信心，缓解了公众的恐慌情绪。

“只有我们搞传染病的医生往前冲，大家才会跟着往前冲。”就像她在接受媒体专访时说的，只要防护措施做到位，在一线也是可以预防感染的。

针对当时武汉的疫情防控形势，她指出，降低病死率能稳定民心，救治老百姓非常重要！

经过高强度工作，2月4日，李兰娟院士医疗队在武汉公布治疗新冠肺炎的最新研究成果：阿比朵尔、达芦那韦两种药物能有效抑制新型冠状病毒。

截至2月11日，李兰娟团队的救治模式初显成效，已经连续抢救8名重症、危重症患者，其中一名已转出ICU。

为了与病毒赛跑，李兰娟不舍昼夜。诚如武汉大学人民医院副院长所言：“这个老太太，真的是我们民族的脊梁。”

武汉抗疫终于取得阶段性成果！3月31日，李兰娟院士医疗队撤离武汉，在机场偶遇前来支援的浙江医疗队，浙江医疗队队员们齐声高喊“女神”。这段视频传遍互联网。

她年岁已高，声名显赫，本无需亲赴武汉。

她还是来了，抢救病人，挽救生命，用自己的行动诠释“医者仁心”这个词。她一直践行着青年时期的梦想。

她从“赤脚医生”走来

“从当赤脚医生开始，我就立志要成为一个医生。”李兰娟说。

李兰娟从浙江一个小村庄走出来，因学习成绩优异，被保送到绍兴市第一初级中学。由于家庭情况困难，她差点中断学业。

班主任问：“你想不想继续读书？”李兰娟当然想。

班主任帮助了她。

初中毕业后，李兰娟又被浙江省重点中学——浙江省杭州市第一中学（现浙江省杭州高级中学）录取。

高中毕业后，她“上山下乡”，看到当地村民饱受腰酸背痛的困扰，就去了浙江省中医院学习针灸，帮助减轻乡亲们的病痛。

李兰娟最终成了一名赤脚医生。“当赤脚医生的时候，我喜欢学一点技术，尤其是看到家乡的老百姓生病的时候很痛苦，希望能够帮他们解决一点病痛，这就是我的追求。”

早年行医让李兰娟得到了锤炼。比如投身消灭血吸虫病的行动，她扎向水田沟渠搜寻血吸虫宿主钉螺的踪迹，填埋有钉螺的沟渠，然后开挖新沟；检测露天茅坑的粪便，排查血吸虫病患者，再由国家医疗队采取针对性治疗。

李兰娟积累了很多经验，也遇到不少难题。进入大学深造，正好能填补她知识上的空缺，然后帮助她继续从事医生职业，此生努力治病救人。

1970年，李兰娟被推荐到浙江医科大学（现浙江大学医学院）学习。生产大队的党委书记说：“本来她在村里当赤脚医生我们是不想放的，但也不能耽误她，因为她为乡亲们做了很多，大家反映都非常好。”

走的那天，乡亲们都来送行。她请乡亲们陪她上山采一天草药，就当是相送了。

她如饥似渴地学习，因为成绩优异，毕业后被分配到浙江大学附属第一医院工作，实现了早年的梦想。

职业生涯的三个关键词

在抗击新冠肺炎疫情之前，李兰娟已经在我国传染病领域做出了重大贡献。

人工肝、非典、H7N9，成为她职业生涯的三个关键词。

2019年，李兰娟在央视《开讲啦》节目中提了一个问题：新中国成立初期的人均期望寿命是多少？只有35岁。

现在我国人均期望寿命已经上升到70多岁，这是因为很多传染病得到了控制。

传染病就像看不见的杀手威胁着人们，只要病原微生物存在，传染病就永远不会消失。

但我们不必过于恐惧，因为传染病学家们与病毒做着不懈斗争，守护人们的健康。

李兰娟做医生不久，就遇到了第一个难题：病毒性肝炎引发重型肝炎。这种当时病死率70%～80%的重型肝炎，通常会使患者在半个月内陷入昏迷，最终因消化道出血而死去。

曾有患者家属跪地痛哭："李医生，求求您救救他吧！"

李兰娟特别同情，却毫无办法。

直到有一天，有患者经过一个星期的血液滤过、透析，竟然奇迹般地康复出院。李兰娟得到启发：能不能用一个人工肝来替代肝脏的功能？

1986年，李兰娟申请了"人工肝支持系统治疗重型肝炎"课题，开始长达10年的埋首研究。

有专家认为肝脏功能过于复杂，也有参与研究的团队成员中途退出。李兰娟偏不放弃。

《大学》说，治学要有"如切如磋""如琢如磨"的精神。正是凭着十年磨一剑的钻劲、不畏人言的韧劲，李兰娟于1996年初步研究出一套独特有效的人工肝系统，并成功救治了40多名患者。

"洪水猛兽"渐渐退去，曙光初现，她没有申请专利，转而建立了人工肝研究中心，每年开设推广班无偿向全国普及这项技术。她说：“肝衰竭病人等不起。”

重型肝炎治愈率从11.9%上升到78.9%。

人工肝技术的发明获得1998年国家科技进步二等奖，在全球医学领域引发轰动。

为了进一步研究肝衰竭的机理，她又开始关注肠道微生态的问题。后来，她被推选为国际微生态联盟大会主席。

时间来到2003年4月，浙江省出现了非典病例。

时任浙江省卫生厅厅长的李兰娟凌晨向公众发布疫情公告，并决定：

1. 立刻将患者转移到专业的传染病医院隔离治疗；

2. 调查并找到所有与患者有过接触的人并予以隔离；

3. 研究人员连夜采样，对非典进行深入的细菌分析和研究。

当时，浙江全省隔离观察人数超过11万人。一开始，这些举措招来众多非议，更有人觉得“不严重……没必要那样做”。

又是李兰娟，顶住压力，还成功分离出病毒。她的杀伐决断保护了群众的生命安全。

非典疫情期间，中国没能研制出自己的疫苗，这也是李兰娟所担忧的：连流感疫苗种子株都来自国外，一旦传染病暴发，如果国外掐断供给，该怎么办？

2005年，卫生部部长高强视察浙江，如此评价浙江的医疗卫生工作：“我10年以后想做的事情，你们已经做了。”

2013年，李兰娟团队几天内就鉴定出H7N9型流感病毒，经研究发现，病毒来源于市场的活禽。李兰娟建议关闭活禽市场，使得一场可能大范围暴发的禽流感得以控制。

她最自豪的是，中国成功自主研发了H7N9型禽流感疫苗种子株，打破了完全依赖进口的局面。主动权终于掌握在中国人手里！

她还做了很多事情：提出“卫生现代化”；建立个人电子健康档案；运用大数据技术挖掘有效信息，帮助医务人员对相关疾病进行研究和预测；致力新药物研发。

除了治病救人，医生还肩负推动医学发展的使命。

李兰娟觉得，作为一名医生，不但要把前人传授的知识学好用好，面对医学上的难题，更要敢于去攻克，还要努力创新技术，“只有这样，医学才能不断发展，人类的健康水平才能不断提高”。为此，李兰娟于2014年发起设立“树兰医学奖”，旨在培育一流的医学科学家。

从赤脚医生到大国院士，李兰娟抒写着“最美奋斗者”的故事。

院士伉俪的爱情

“妈，等你回来。”2月1日，李兰娟的儿子郑杰发了一条朋友圈。

除夕夜，李兰娟驰援武汉在即，丈夫郑树森下厨，为妻子饯行。

郑树森是肝胆胰外科、肝移植专家，中国工程院院士、法国国家医学科学院外籍院士。

一位是多器官联合移植事业的开拓者，一位是传染病学领域的领军人物。郑树森和李兰娟这对院士伉俪被传为佳话。

李兰娟发了一条朋友圈：“今天我轻松了，可以不烧年夜饭了，由郑院士替代，手术刀改厨刀。”

郑树森曾打趣李兰娟：一年只在大年三十做一顿饭，什么家务也不做，算不上贤妻良母。

然而这次，她连年夜饭也来不及做，就要匆匆赶赴武汉了。

“她做事有一股‘倔’劲，这个时候，谁也拦不住她。而且国家确实需要她，所以我们就在后面默默地支持她。”郑杰说。

李兰娟和郑树森在同一家医院工作，常态是两人每天早上 8 点准时到达医院，忙到次日凌晨一两点才回家。“早餐是我俩一天中唯一在一起吃的一顿饭。”李兰娟说。

郑树森说，不管工作到多晚，也要等妻子一起回家。

对医学临床和科研的投入，也影响着这对夫妻的生活模式：他们很少聊家常琐事，谈论更多的还是工作。

由于研究领域存在一定的关联性，夫妻俩有时会通过电话联手，给患者做适当的转诊治疗。有患者觉得很幸运，“居然有两位院士同时给我看病”。

更加合理、对症的治疗方案，让不少病情复杂的患者奇迹般地好转乃至康复。

李兰娟非常支持丈夫的医学探索之路。郑树森40岁左右去华西医科大学（现四川大学华西医学中心）攻读博士学位，毕业后李兰娟又支持他前往香港攻读博士后。

那段时间，李兰娟一人养活一家四口。当时公公身患重病，李兰娟为了让丈夫安心学习，带着孩子回老家照顾老人，事后才告诉丈夫。

李兰娟还记得，结婚的第一天，他们突然接到家里的紧急电话，夫妻俩连夜往回赶，在外地火车站中转过夜。“我们把铺盖往地上一铺，就这样度过了新婚第一夜。”

回想起来，李兰娟觉得，当时虽然条件艰苦，内心却是甜的。

被问及夫妻最理想的相处方式是什么时，李兰娟回答："志同道合，互相关心，彼此支持，互相理解。"

他们相爱相守，兼怀医者仁心的博爱。为了大家，时常舍小家。

就这样，无数次的风雨同舟，换来长久的琴瑟和鸣。

清者自清，初心不改

新冠肺炎疫情期间，李兰娟受过不少非议，有人指责她的防疫言论导致各地虐杀动物；有人质疑她推荐新冠肺炎治疗药物是为家人的公司谋取利益。

她从来都是清者自清，初心不改。

身为"工作狂人"的她，也有温婉的一面。平时上班之前，她会给自己化一个美美的妆容，并要求女同事化淡妆，男同事系领带。她认为，良好的精神面貌能给患者带来更好的就诊体验，是对患者的尊重。

"我愿意这辈子做一个好医生。"李兰娟说，医生能够救死扶伤，能够减轻患者的痛苦，乃至挽救生命，是十分有意义、有价值的事情，"只要是工作的需要、抢救病人的需要，我可以舍弃其他为之奋斗。"

她无疑是美的。她的美，是渗入骨子里的美，带着兰花般典雅的气质。

李兰娟，当代中国女性的杰出代表。她为中国女性做出一个表率：巾帼何必让须眉！

王辰：士子之心，济世安民

“方舱医院”是新冠肺炎时期的一个热词，对不少人来讲，这更是一个新词。它就像诺亚方舟，带人们驶离险境，守护着人类健康。

最早提出在武汉建方舱医院的，是一位儒雅、谦逊、风度翩翩，有着知识分子气质的男人——中国工程院副院长、中国医学科学院院长王辰。

王辰与钟南山、李兰娟，被网友并称为“三大抗疫金刚”。

如果说，钟南山院士最早提出“人传人”，敲响了新冠肺炎的警钟；李兰娟院士是建议武汉“封城”第一人，打响新冠病毒阻击战的第一枪；王辰院士提出建方舱医院，堪称扭转局面的关键之举，最终使“一床难求”变成“床等人”，真正解决了武汉“封城”之后的新冠病毒向内传播问题，也使得焦虑、恐慌的民心安定了下来。

有人说，他改变了武汉的命运。

应收尽收，应治尽治

2020年2月1日，王辰奔赴武汉调研考察，发现当地防控疫情形势严峻。由于试剂盒紧缺，大量疑似患者得不到确诊；定点医院容量不够，大量轻症患者无法收治；加之人员流动性较大，给患者家人和社区居民带来巨大的风险……更让人揪心的是，轻症患者如果得不到及时收治，很有可能转为重症。

形象地说，如果将新冠病毒用红点表示，那么在武汉，除了被收治患者的集中地外，就是一片空白之中布满大量移动的零星红点。红点的移动和扩散（即病毒扩散）让形势日趋严峻，如果能将这些红点全部集中，隔离治疗，加上筛查工作做得好，就能够有效切断传染源。

王辰辗转难眠，他突然想起了“大空间，多床位”的方舱医院。刻不容缓，他提出了建议。2月3日开始，在中央赴湖北指导组的推动下，武汉及全国各方救援力量连夜行动，十多所方舱医院陆续建成并交付使用。

方舱医院，即方舱式可移动野战医院。这种医院“麻雀虽小，五脏俱全”，曾在2008年汶川大地震和2010年玉树地震后出现过，而针对传染病疫情大规模使用方舱医院在我国还是第一次。

成本低、建设快、效率高的方舱医院，是轻症患者的“生命方舟”，避免更多人感染，使人们看到了希望。

方舱医院解决了四个关键问题：

一是，所有的确诊轻症患者和疑似患者集中收治和隔离，大大减少家庭和社区的感染风险和后勤压力。其中疑似患者单人单间隔离。

二是，隔离的多是65岁以下的轻症患者，能够把更优质的医疗资源留给重症患者和身体状况不好的老年人。

三是，开放式的病房，让医护人员的看护效率大大提高。

四是，便于观察患者的情况，一旦病情加重，能及时转院治疗。

也有人质疑方舱医院存在交叉感染的风险，王辰回应称：在方舱医院的都是经过筛查的确诊（或疑似）新冠肺炎的患者，不存在交叉感染，而且大空间对病毒有一定的稀释作用。

“封城”之后，民众不安情绪上升，纷纷聚集到医院要求检查，导致医疗资源高度紧张，直至国家采用王辰的建议，得以“应收尽收，应治尽治”，民众情绪和疫情局势得到明显缓和和扭转。

新华社对此的评价是：关键时刻，关键之举。

书香门第，耳濡目染

王辰是医学专家，他还常常出口成章，文采斐然，有着传统知识分子的风范。这一切还得从他的童年说起。

王辰的父母是大学教授，左邻右舍皆是文化名人，如著名文学家冰心、著名社会学家潘光旦、藏学家于道泉。在浓郁的知识氛围中成长，又有两个姐姐的爱护，使他的性格透亮、温润如玉。

凌晨两三点，小王辰常看到父母仍伏案备课的场景，饱受崇尚知识、治学严谨家风的浸润。读小学的时候，他已经阅读量惊人，《绿色的远方》《三国演义》《西游记》《红楼梦》……文学作品中的人间百态，引发了他对身边人和世界更细腻的觉察和思考。

有一件事令他记忆深刻：小王辰曾求教邻居史学专家贾敬颜关于“噬脐莫及”的由来，谁知这个问题难倒了素有“活字典”之称的贾先生。但贾先生并没有丝毫敷衍，而是认真地将家里的字典翻了个遍，又跑到图书馆淘资料，也没能找到答案，深思之后，他给了小王辰一个“猜想”，

“似乎是源于麋鹿受伤后，舔舐自己肚脐的麝香救命，但是也已经来不及了。可能由此引申为‘后悔莫及、难济于事’”，但强调“这只是我的猜想，并未找到权威的依据，以后找到，一定再告诉你”。正是这种“知之为知之，不知为不知”的对学问高度负责的态度，深深刻在小王辰的脑海里，影响着他的一生。

“这些人是真正的知识分子。你得相信，他们这样纯真、高尚的人在社会中是真实的存在。”

这让人想起2月5日王辰做客央视《新闻1+1》栏目时，面对观众提出疫情“拐点”的问题时，他本着严谨的态度道出真相：“首先我们现在对疫情的底数不甚清楚，在判断上的根据是不足的……在这种情况下，这个拐点不是人为能够预期的。另外还有病毒的变异问题。这未可预期。”

梁思成是王辰最崇尚的学者和工程师。梁思成在《平郊建筑杂录》中写道：“北平四郊近二三百年间建筑物极多……无论哪一座巍峨的古城楼，或一角倾颓的殿基的灵魂里，无不在诉说乃至歌唱着时间上漫不可信的变迁。”王辰惊叹，这样有灵性的语言，出于一个建筑师之口，建筑中尚且蕴含着浓厚的人文素养，而医学面对的是有血有肉、情感充沛的人，若不能以人为本，设身处地地关怀他人，又岂能悬壶济世，成为一名值得信赖的医者?

悲天悯人，胸怀天下

2018年，王辰担任北京协和医学院校长。这所中国最顶尖的医学院校，被誉为“医学的殿堂”。新中国成立前，国内仅有的十几所医学院的校长几乎全是协和的教师或毕业生。当记者问起“协和精神是什么”的时候，王辰表示，这是一种“综合的存在”，构成那种精神特质的要素之一在于“诚实和朴实”，没有“树叶婆娑那样的摇曳和彰显”，高贵存于朴实当中。

他更认为，“自省、专注、悲悯”是医生必不可少的三大素养。

恻隐之心，人皆有之。医生是其中的更甚者——特别是，有悲悯之心、同情心、同理心的人才能当好一名医生。在现实中，医生常常需要低到尘埃的心境，如接触患者的脓、血液、粪便，接触常人不愿意接触的脏污，需要一点“俯首甘为孺子牛”的精神，和患者共同承受苦难。

他还教导学生要“入世才能出世”。既能适应世俗，在社会中谋发展，又要有一颗存于世俗之上的灵魂。一开始也许会遇到很多困难，但只有克服负面情绪，才能体会到医学的美妙。

2019年7月9日，北京协和医学院在首都剧场举行毕业典礼。在这个洋溢着艺术、文学气息的殿堂，北京协和医学院学子们接受师长拨穗、获授学位。这其中蕴含着王辰的良苦用心：他希望学子们修为医学智慧的同时，兼具人文精神。

有人质疑协和博士研究生发表的论文数量少，王辰不以为然，认为“功成不在毕业时”，学生更应该积攒从事研究的素养。“协和的毕业生将来一定要成为医学家、科学家，产出不在毕业时而是在未来。”

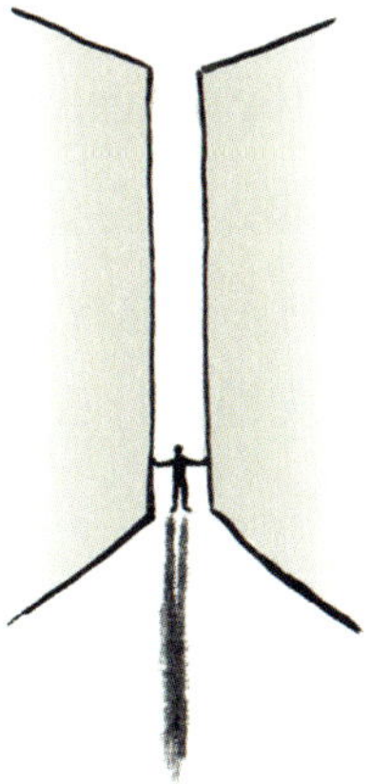

凡是过去，皆为序曲

他常用檀木来比喻协和医学院的教育方式，“檀木长得很慢，但木质很坚实，它未来是成材的。杨木长得很快乃至膨胀，树叶哗哗响，树干很粗壮，但是它的材质不如檀木”。

毕业后，才是医学生真正为人类做贡献的开始。

“凡是过去，皆为序曲。”

照护生命，健康中国

2019年，王辰在央视《开讲啦》中说道：“健康中国”的概念，不仅仅是不生病，而是一种“身心俱泰”的状态。

健康中国是国家战略，医护人员是维护群众健康的主力。“医生要会做医生，患者也要会做患者。”王辰认为，近年来医患关系紧张，实质是医患关系的“异化”。

“医患关系不是商业关系，而是‘照护’关系。”有着完全不同的内涵和境界。

许多伤医事件的发生，是源于一种社会认知倾向，认为“自己付了多少钱，就得取得多少效果”。这是把“医学照护”当成“商业服务”，违反了医学本质和规律。

“医患关系是世间最美好的关系之一。”王辰讲了这样一个故事：

1988年，王辰会诊过一个年轻的民工，当时患者已经发烧致昏迷，而送他来的人把他放到急诊室就跑了。经检查是肺炎引起的感染中毒性休克，需要立即进行重症监护治疗。当时却找不到家属，没人签字。王辰说，我来签。

患者的情况一天天好转，但到第七天时，他居然逃走了。由于是王辰签的字，700元入院押金成了他的责任，这在当年可是一大笔钱。令人没想到的是，10天后，来自河南农村的一名老汉找到王辰，说跑掉的人正是自己的孩子，家里变卖了家当凑钱来交费。

说到这里，他感慨：这个世界自有公道。

因为关乎人的终极意义——健康和生命，王辰觉得，医生必须是社会中素养最高的一批人。

所谓“德不近佛者，不可为医。才不近仙者，不可为医”。

2018年的研究生考试面试中，一名来自约翰斯·霍普金斯大学（美国大学综合排名前十位）的留学生令他印象深刻，当王辰问及为何从享誉世界的医学院回头报考北京协和医学院时，这名学生这样回答：

“医学意识也包涵了社会心理，包括对民族、社会、国家的认同感，是跟一个国家或地区的医疗政策、从医环境密不可分的，到协和读书，心理上、语言上更接近这种认同感，并且我的目标一直就是回国做医生。”

一名二十出头的本科毕业生，能够将医学意识与民族认同、社会责任融合在一起，并对自己的职业设计有着清晰的认知，这样的学子必将有所作为。

“格物致知，诚意正心，修身、齐家、治国、平天下。”这是传统知识分子的抱负，也是王辰对协和学子的要求。他认为，医生应当有士子之心、家国情怀。

也因此，他在医学中注入了“士”的使命：济世安民。

“硬核暖男”张文宏：有趣的灵魂万里挑一

“一旦关注，长期感染，无法治愈。”

这句来自张文宏所在的复旦大学附属华山医院感染科微信公众号“华山感染”的自动回复，一语双关，亦庄亦谐，带着满满的“张氏幽默”。

关键是，说得一点也没错。以无数网友的经验看，张文宏这个人，一旦关注，真的会被其人格魅力所折服，不舍离开。

因为一句“党员全部上一线”，张文宏一炮走红，有人喜欢他“讲人话”，有人叫他“张爸”，有人说他是“公关鬼才”，有人直接表白说“爱上他了”。

张文宏一脸无辜：我红了？我很意外。

想了想，还是“认了”：“我又不是靠这个挣钱，把网红的力量用起来，还能让老百姓受益。”

如果说钟南山院士是被“耽误了”的国家级运动员，那么张文宏教授就是误入医界的段子手和灵魂诗人。

季羡林说：敢讲真话需要极大的勇气，有时甚至需要极硬的“骨气”。

张文宏从不云里雾里，能把大实话讲到大伙心里去。够幽默，也够

“硬核”。

今天，我们来讲讲他的故事。

共产党员，跟我上！

2020年1月29日，上海医疗救治专家组组长，华山医院感染科主任、党支部书记张文宏，在接受媒体采访时说：

“我做了一个决定，把所有从去年底到现在（坚持在一线）的医生，全部轮换下来。这些都是了不起的医生，在对疫情的风险性、传播性、致病性一无所知的时候，就这样把自己暴露在疾病前面。我认为他们非常了不起。”

换谁上？张文宏做出决定：共产党员上！

做出这个决定时，张文宏左胸佩戴着党徽。

确实，考验共产党员的时候到了！

张文宏说，共产党员、男医生冲在前面，是华山医院感染科的传统。

也因此，他所在科室的共产党员、男医生悉数前往武汉，分别支援金银潭医院、华中科技大学附属同济医院光谷院区、方舱医院等。

他身体力行，和团队战斗在一线，“关键时刻，不能只在后面指手画脚，要到一线去跟病人‘亲密接触’。”

看似心直口快，实则心思细腻，行动落地有声。张文宏堪称“硬核

男神”。

他非常关心医务工作者的需求。在疫情之初，张文宏就说：现在最缺的不是宣传，而是关心——

“第一关心是防护，第二是（防止）疲劳，第三是（改善）工作环境，我觉得一定要跟上。如果跟不上，就说明没把医务人员当人，只是当机器。”

他反对无谓的牺牲，倡导以人为本，并在管理过程中一以贯之：

华山医院组织医疗队驰援武汉时，一名医生因为父亲住进ICU要请假，张文宏让她放心回去；

一名刚刚援外回来的医生来请战，张文宏心疼他，果断拒绝了他前往武汉支援的申请。

在他看来，医护人员都是常人，不必被强行拔高。

“硬核”张文宏，不仅铸造了华山医院感染科这支“超强战队”，言语间也流淌着振奋人心的力量。

有人甚至在微博称他为“镇市之宝”，并表示，只要他在，上海人民就能安心了。

更多人纷纷放下娱乐明星偶像，来做张文宏的粉丝。张文宏开启了他的“网红生涯”。

“看书是非常好的调剂方法”

为了让大家好好在家隔离，张文宏简直变成了话痨，媒体每天都有他的新言论，而且他总能说到点子上。

他对企业家说：“企业老板不用给我们捐东西，让员工在家里办公，隔离观察，还给人家发工资，这就是为国家做贡献了。”

他安抚群众："现在开始，每一位都是战士。你在家里不是隔离，你是在战斗啊！你觉得很闷，我们只要两个星期，病毒也被你闷死了啊！"

谈到自己，他说："现在大家工作强度很大，都很焦虑，在这种情况下，我觉得看书是非常好的调剂方法之一。"

怕大家在家闷坏了，也为了缓解恐慌情绪，张文宏开始给大家推介图书——比如法国作家加缪的经典小说《鼠疫》、约翰·M.巴里的《大流感：最致命瘟疫的史诗》、加西亚·马尔克斯的《霍乱时期的爱情》。

"我们要看历史上这些疫情一步一步怎么走过来的，比如1372年的鼠疫，整个欧洲是怎么对付的；1918年大流感来临的时候，大家是怎么对付的；2009年墨西哥、美国猪流感是怎么开始流行的，采取的防护措施是什么。当你对历史上这些事情都很清楚的时候，就会看清楚我们现在处在一个什么样的位置，了解就没有恐惧，如果不了解就都是恐惧。"

除此之外，张文宏还特意编了一本《张文宏教授支招防控新型冠状病毒》供大家免费阅读。书里不仅对疫情关键词和误区等做了提炼，还回答了人们经常会遇到的问题，比如：疫情期间如何居家隔离，如何消毒，如何选择口罩，戴不戴手套，开不开空调，返岗如何防护，等等。还根据疫情变化，加入了健身房内传染、社区买菜后感染等情况的解答。

他的微信公众号"华山感染"，疫情期间一不小心就成了"爆款"。几乎每篇的阅读量都在10万人次以上，最多的一篇点击量超过1000万人次。

这是他每天超负荷工作十几个小时，还挤出少得可怜的休息时间，顶着黑眼圈给我们写的疫情分析文章。为的是向民众科普病毒知识，用科学安抚情绪，联动政府的防控举措，尽可能调起"全民之力"。

人人都说他"硬核"的时候，他坦言："我已经严重睡眠不足了，也不知有没有说错什么。"

“防火防盗防同事”

“防火防盗防师兄”“防火防盗防闺蜜”……

“防火防盗还防什么？”

“防同事。”

张文宏在视频面前一本正经地说：“我现在为什么戴着口罩讲课？因为我要给你们做示范。如果不戴口罩，我的唾液就有可能喷到鼠标上，下一位同事用手摸到了鼠标，又用手摸自己的鼻子嘴巴，那不就有可能感染了吗？所以把同事都防好了，我想一切都防住了。”

许多企业陆续复工，“张爸”又来叮咛：

“还得保持警惕的心态，不要到处瞎玩，不要摘下口罩聊天，避免一起吃饭，取消不必要的活动。正常生活正在慢慢回归，但是还没有到为所欲为的地步……记住，防火防盗防同事。”

学霸段子手

本来段子手的特质已经很让人惊喜了，张文宏还是个超级学霸。

张文宏曾就读于浙江瑞安中学。

瑞安中学有多强？创始于清光绪二十二年（1896年），培养出多位中科院院士，新中国国旗的设计者曾联松也从这里毕业。

张文宏17岁时参加华东地区“中学生政治论文竞赛”，拿了一等奖。高三时直接保送上海医科大学（现复旦大学上海医学院），获得复旦大学博士学位；随后在美国哈佛大学医学院、伊利诺伊州立大学微生物与免疫系做访问学者以及博士后研究，经常能听到诺贝尔奖级别的学者演讲，他如饥似渴地吸收新知识。

2003年的非典疫情中，张文宏与他的老师——复旦大学终身教授翁心华，一同创造了1700万人口的城市仅8例感染的成绩，其团队被称为“中国感染科梦之队”。疫情过后，师生二人共同编写了《严重急性呼吸综合征》，这是国内首部介绍非典的专业书籍。

张文宏所在的复旦大学附属华山医院感染科，连续9年，稳居中国感染病学科榜首。

对于医生的作用，他也没有自我夸大。新冠肺炎疫情来袭，他老老实实、语重心长地说：“现在最有用的还是人的免疫力。医生帮助患者挺过两个礼拜，患者自身抗体就起来了。而有些患者很难熬过这两个礼拜，可能会面临多器官衰竭，我们的作用就是帮患者熬过来。”

疫情初期，张文宏在网上的关于病毒的讲座也被网友找到了，一段比一段精彩。

他总是把最深刻的道理藏在最简单的话语里，形象生动的讲解，让人豁然开朗。

在2020年1月18日的演讲中，他说：“流行性感冒跟普通感冒根本不是一家人，我如果告诉你流行性感冒是老虎，那你说普通感冒是什么呢？我告诉你，普通感冒连兔子都不是，它可能是小爬虫，可能就是苍蝇。”

他的科普中不时会出现让人忍俊不禁的张氏金句：“一般女孩得了流感，被传染的基本都是妈妈，而丈夫很少，所以那一刻，我对爱情产生了怀疑。”

他还做出了预警：病毒每天在变异，哪一天这个变异一出来，又变成一个全新病毒的时候，我们知道大暴发来了。因为病毒暴发如同一个“只听到嘀嗒嘀嗒声，却从不知现在是几点”的时钟。好在，以目前中国的医疗科技水平可以在几小时内找到是哪一种已知病毒，面对未知病毒也可以通过恢复序列找到原型。我们也有应对的预防措施。

这段视频录制的时候新冠肺炎疫情并没有全面暴发，距离钟南山院士给出“明确存在人传人”论断还有2天，距离武汉“封城”还有5天。而张文宏已经提前给人们上了一堂生动的疫情课。

“只想救好病人，不需要讲自己”

“张爸”这一绰号在张文宏30岁的时候就有了，因为他不仅有医生该有的果断干练，还有父亲般的细心周到。

与他共事20多年的同事、感染科副主任邵凌云说：“视频突然走红，社会都疯转，我们还有些想不通，张爸他平常就是这样的呀！”

有一次，张文宏接诊了一对年事已高、听力不佳的夫妇，怕他们听不清、不了解就医手续，他一改潦草的字迹，在背面一笔一画地写着大字：1. 先去挂号收费处缴费；2. 去1楼抽血；3. 下礼拜一再到1楼拿报告；4. 下礼拜一拿到报告后到××号诊室给我看；5. 不要再挂号！

在繁重的工作中，还能这样细心和耐心，是很少见的。

还有一次，患者看完病后，与家人提着大包小包，在医院门口等车，恰好被开车经过的张文宏看到了，他立刻按下车窗说，快点上来，我送你们！

张文宏从不收红包，遇到特别困难的他还会倒贴钱。他说：“患者的钱，应该都用在治疗上。”

一名同事说："几年前，张爸接诊了一个男孩，男孩病情很快得到控制，但男孩的父母还是闷闷不乐。张爸就问他们怎么了，男孩的父母流着泪说，为了给儿子治病，把女儿上大学的学费给挪用了。张爸知道后，立马给了男孩的父母5000元，嘱咐他们一定要让女儿上大学。"

这些事都是网友和同事说出来的，张文宏从来都避免谈自己："我们医务人员只想救好病人，不需要讲自己。"

他的办公室里挂着的唯一一块牌匾，是被他从死亡线上拉回来的患者送的，上面写着："我只是你们工作中的匆匆过客，而你们是我的人生转折。"他喜欢这句话，能随时鞭策自己。

趁这次疫情，他也希望能够改善一直以来的医患矛盾：

"因为疫情，大家比较关注医务界，其实平时，医务人员也非常繁忙。上海的大医院，每年都是数百万看诊量。大家来看病，有时候会觉得排队人山人海，药价也不便宜，对医疗服务不太满意；医生工作量又很大，也难免有时没有耐心，陷入不太和谐的医患关系。我还是呼吁大家互相理解，医生再忙再累，也要多点耐心；患者对医生超负荷工作强度，多一些理解；社会对基层医务工作者多一点关心。给予医护人员安全的环境，医生也会回馈给社会。整个社会大环境是需要我们一起营造的。"

"疫情过了，我自然会silently走开"

都说耿直容易得罪人，张文宏虽然说的是大实话，却妙趣横生，堪称"医学界的郭德纲"。

他有时还会来点"内幕"：

"大家看到医生都是文质彬彬的，那都是假的。到专家这个份上，没有一个脾气好的。每个人都是极端的自信，吵架是经常的。但是有一点，

祝这个世界继续热闹
祝我仍是我

每个人都是抱着对患者极其负责的态度，去求真。”

要么再来个自嘲。

钟南山的健身照火了，张文宏乐了：“像钟南山教授一身肌肉一样的很少见。运动当然非常好，我也爱运动，但是太劳累了，我办过健身卡，基本一年就去两三次，还有一次去健身房都关了。”

2月24日，上海患者治愈率超过74%，当记者追问有没有“神药”时，张文宏说：“我跟你讲你也听不懂，因为我们读的书不一样，我讲的字你都能听明白，但（凑在一起）不知道是什么意思。但有一句话你一定能听懂，上海集中了所有资源和团队，一起救治。”

遇到尴尬的问题，他也能机智地模仿苏格拉底式提问。

有记者问："疫苗，是国外的好还是国内的好？"

"如果你怀疑国产疫苗，那么你不是在拷问我，而是在拷问药品监管部门，你等于在问我有关部门靠得住还是靠不住，你说我应该怎么回答你这个问题？这不是我能回答的。"

反应极快，思维灵活。从不吞吞吐吐，不打太极，不让人尴尬，也不让自己尴尬。灵光一闪，金句驾到。这就是张文宏的风格。

幽默是最高级的智慧。

有趣的灵魂万里挑一。

2月17日，上海图书馆收到张文宏的一份手书战"疫"寄语，充满了浓浓的文艺气息——"冬将尽，春可期，山河无恙，人间皆安"。

话少了，思想才能上去。

记者问：疫情结束后，你最想做什么？

张文宏笑着回答：

"当新冠大幕落下，我自然会非常silently（安静地）走开。你再到华山医院来，你也很难找到我了。我就躲在角落里看书了。"

殉职院长刘智明：你是那么好的一个人啊……

2月18日下午，华中科技大学附属同济医院中法新城院区门口，一辆黑色殡仪车缓缓驶离。

车后，一个女人紧紧追赶，凄声哭喊，在场者无不落泪。

视频传到网上，惹哭了无数网友，很多人说“看得心都碎了，完全不敢看第二遍”。

这个哭喊的女人，叫蔡利萍，是一名护士长。

而殡仪车里面的逝者，是她的丈夫，武汉市武昌医院院长，刘智明。

他是武汉战“疫”殉职的医院院长。

因为不幸染上新冠肺炎，刘智明于2020年2月18日上午10：54去世。他才刚刚51岁。

这是一名公认的好院长。

受过良好的教育，为人谦和，对待工作尽职尽责……几乎满足了社会对好医生的所有想象。

他更是妻子眼中的好老公，女儿眼中的好父亲……

这么好的一个人，怎么就突然离去了。

01

2020年1月24日，除夕，武汉“封城”的第二天，从那天起，刘智明再也没能离开医院的病床。

住院后，刘智明很担心自己传染给武昌医院的同事，挨个打电话问他们有没有被感染。

得知大家都没事，他才稍稍放心。

直到去世前，他最惦记的还是和他有过接触的人，“担心自己传染别人”。

在救治的过程中，刘智明说过一句令人难忘的话，“如果万一，不要插管抢救”。

因为做插管手术，要把气管切开。新冠肺炎感染的主要是呼吸道和肺部，刘智明担心，一旦切开气管，就可能在病房里出现气溶胶，杀伤力大，很容易传染病房的医护人员。

自始至终，他都把别人的安危放在第一位。

02

2月10日，是刘智明51岁的生日，同事们送给他一个小老鼠玩偶作为生日礼物。

重症科主任说，刘院长的病情有所好转，不用戴氧气面罩了，还能自已吃饭，可能快要出院了。

那时候，刘智明也很乐观，他把头发剃了，还发了一条朋友圈：几件大事值得纪念——ICU医护团队为我在病床前过了个生日；剃了个大光头；离开呼吸机12小时以上，用经鼻高流量氧疗，血氧饱和度90%以上。

面对大家的鼓励，他回复：我撑了20天，还是活着好。

谁想到，三天后，刘智明的病情突然加重，转入了重症监护室。

又过了两天，病情仍未得到明显缓解。

2月17日，医院进行了最后的ECMO抢救。

没有起效。

2月18日上午10：54，他51岁的生命，终止了。

后来，武汉市武昌医院消化内科护士长发了一条朋友圈：

“总会不时张望电梯口，希望像往常一样，一抬头您从电梯出来，面带微笑地问我：病区都还好吗？”

03

刘智明为什么会染病？

2020年1月3日，武汉市卫健委通报：当日出现44例“不明原因病毒性肺炎”，但“未见明显人传人和医护感染”。

之后的1月6—18日，均通报没有新增确诊病例。

有同事推测，刘智明就是在这段时间被感染的。

“刚开始，医院还没有全面提升到二级防护，刘院长去检查工作的时候，是按照一级防护穿戴的。”

一级防护，适用于普通门诊、急诊和病房。二级防护才适用于传染病隔离病房。三级防护等级最高。

1月11—20日，为了更好地应对协调工作，刘智明白天上班晚上值班，几乎没睡过一个好觉。

1月21日，武汉市武昌医院被指定为第二批发热患者定点诊治医院之一，刘智明组织全院紧急改造发热门诊。

当晚，他感觉有些不舒服。去做了个CT，但是尚无法确定。于是，他一边打点滴一边继续工作。

1月22日、23日，刘智明持续超负荷工作。他还开玩笑说，胡子已经很长了，要抽时间回家洗个澡，收拾衣物，准备长期作战。

1月24日，刘智明病倒了。他对同事说："我不能倒下，还有很多事情要做。"

同事说："他这个人，很怕麻烦别人，有什么问题总喜欢一个人扛着，为别人想得太多，单位、家庭、同学、朋友……他操心的事情太多。他太累了。"

04

刘智明的妻子蔡利萍，是武汉市第三医院的护士长，护士口中的"蔡妈"。

疫情期间，她一直战斗在一线。

两个月前，她刚做完脊椎手术，原本还有一个月的病假。疫情来袭，她匆匆重返医院。

她是个很细心的人。进"红区"前，会帮"90后"的护士仔细穿戴好防护服，再一遍又一遍地检查，还会在防护服画上各自喜欢的卡通形象。

可是，在她悉心照顾同事、护理患者的时候，一向健壮的丈夫竟倒在了这场战役刚打响的时候。

她几次问丈夫："我去陪你吧？"刘智明都回答："不要。"

"我真的很想放下这一切去陪他。"蔡利萍说，"他是了解我的，他知道我放不下、走不开，所以他总说不要。"

2月4日，刘智明病情危重，用上了呼吸机。

蔡利萍打来4次视频电话，都没有接通。此时，刘智明已经说不出话了。

电话终于接通，蔡利萍哭着问："我来陪你吧！"

刘智明艰难地摇了摇头。

一段微信聊天记录了刘智明的病情危急。

蔡利萍说："你每天下午两点给我电话，不然我不放心。"

"能看短信吗？我能去陪你吗？"

"老公，你呼吸不好一定要打呼吸机！这样舒服一点。"

"不要害怕，你要害怕我去陪着你好吗？"

没有回信。一小时后，她鼓励说："老公，你要加油！"

晚上9点，刘智明回复："昨晚折腾了一晚上……我以为我要死了，缺氧，烦躁，全身虚汗。今早打了呼吸机，好多了！"

对他们的女儿来说，这是最难熬的时光。父亲生死未卜，母亲每天站在离病毒最近的地方，父母都在与死神较量……

女儿写下了懂事又让人心疼的文字：

"我没法不为你们担心，所以我能做的，也只是尽我所能照顾好家里后方。"

05

刘智明是湖北十堰人，1994年，25岁的他从湖北医学院（现武汉大学医学部）毕业，分配到神经外科。

他身材修长，长相英俊，性格外向，为人热情，业务能力突出。

1995年，刘智明被调往武汉市第三医院急诊科。

同事说他胆大心细，作风果断。

武汉市第三医院的一名护士回忆说，这名刚调来的年轻医生文质彬彬，待人诚恳且重情义。“护士们经常加班，他就自掏腰包，在外面餐馆叫人送餐过来，请大家吃饭。”

护士们常期待能跟着刘智明下病房，“他知识渊博，跟着他可以学到很多东西。”

“他非常善于解决复杂问题，是很难得的人才。”武汉市第三医院前院长金捷回忆。

2013年，主管部门对他一致好评，将他调往武昌医院担任院长。

2017年，武昌医院成为武汉科技大学附属医院，刘智明承担起本科阶段的教学工作。

因为在生活上特别关心学生，学生都称他为“大哥”。

作为神经外科领域的专家，他兼顾行政、临床、教学，还参与外科教学和备课，动手制作教学课件。

曾有人劝刘智明，教学PPT可以找人帮忙做，但刘智明说：“临床是做今天的事，科研是做明天的事，教学是做后天的事。教学工作一定要严谨，做好了教学工作，你会发现，教学让你更优秀！”

作为院长，刘智明对员工关怀备至。

前同事回忆刘智明：“他是我的第一个领导，严肃时很吓人，笑起来却又像家人一样温暖！”

“有的医生做完手术就不管了，但刘医生碰到医患纠纷，都会主动站出来替我们解围。”

一名护士说，她到医院办理入职手续时，找院长刘智明签字。院长平易近人，问她家在哪里，回一趟家需要多久，还鼓励她，让她加油工作。

对于新入职的员工，刘智明会关心他们的工资待遇。

2019年7月，武昌医院两名临床一线的怀孕护士首次佩戴“孕妈妈”胸牌上岗。刘智明是胸牌的倡导者，他想提示大家，这些白衣天使怀孕了依然工作，大家要对她们多一些理解和爱护。

风照样吹
花照样开
太阳照样升起
可有些事情
已经变得不一样了

患者也忘不了这个温和的医生：“刘医生医术高，对患者也非常负责，出院后还几次打电话问我恢复情况，让我非常感动。”

一名经常来医院住院的老人说：“那个个子很高的男的，是不是你们院长？他人可好了，前几天，我在医院门口忘了带伞，他还把伞借给了我。”

刘智明去世后，几乎所有认识他的人都难以接受。

这么好的一个人，怎么会……

可是，现实真的很残酷。

06

2月18日，当运送刘智明院长遗体的殡仪车已经远去，武昌医院的一名工作却人员久久不愿离开。

她哭得眼睛通红，说：“院长热爱生活，爱钻研建筑，爱养花，爱踏青。这样的天气，是他最喜欢的。”

刘智明在湖北十堰工作时的老领导王伦长为他写下悼诗：

“惊闻智明殁沙场，老泪纵横如涌泉。”

在病床上，刘智明曾让护士帮忙拍下来看望他的每一个人和他的“合影”。他说，这是最强大也是最温暖的力量。他安慰大家，春天就要来临，春暖花开，青山不改，我们来日方长。

是啊，春天来了，武汉的樱花盛开，而您又去了哪里？

他在医学院读大一的女儿刘洋在日记中写道：

或许很多人都觉得，这是你们医护人员应尽的责任，是你们的义务。他们称赞你们为白衣天使，但医生护士从来不是什么天使和神明。

白大褂之下也和所有人一样普普通通，有着逃不过生老病死的血肉之躯。

可我同时也知道，你们这一生早就将我第一天踏进大学校园、步入临床专业时所许的誓言，烙印在了本能之中。

07

谢谢刘智明。谢谢您的妻子，您的女儿。谢谢你们用自己的生命和力量，点亮更多人的希望。

李文亮、刘智明、江学庆、梅仲平、朱和平、彭银华、夏思思、柳帆……所有在与新冠肺炎疫情较量中离去的英雄们，你们都曾热气腾腾地活着，你们化作了恒久照亮这人间的星辰。

天堂没有病痛，日日樱花飞舞。

愿你们永生温暖，就像你们一直美好的样子。

张定宇：身患绝症，和生命赛跑

武汉市金银潭医院，是当地最早接诊新冠肺炎患者的医院，也是收治重症和危重症患者最多的医院。

特别不巧，当疫情袭来时，医院院长张定宇已是绝症在身。

人们常常在媒体镜头，看到他步履蹒跚的样子。即使生命的尽头已在不远处与他对视，他也要坚守岗位，在一线奔波。

性子急、脾气暴、嗓门大，对人对己无比严厉，骂起人来不留情面，张定宇一度让同事们很有压力。

但同事们也知道，他是和生命赛跑的人，正竭尽全力，救治更多人。

6年前，张定宇临危受命，硬是把底子薄、队伍散的金银潭医院建成一家高水平、高素质、设施完备的医院。在金银潭医院的时光，他倾注了全部心血，如今56岁的他已双鬓染白。

医院党委书记王先广说，要不是他一直在这里镇守，赶上这次疫情，金银潭医院恐怕要出大事！

一个令人心碎的秘密

近年来，金银潭医院的医护人员发现，张院长的脾气越来越急躁，腿脚却慢慢变得不太利索了，走路立不稳，摇摇晃晃的。甚至之前开会，他不得不解释称，我的腿特别疼，不方便站起来讲话。

还有一些奇怪的事情。

疫情暴发后，医护人员必须穿上防护服进入病房，同事们这才发现，院长居然无法独自完成穿脱连体裤的动作，每次都需要人帮忙。每当问起他腿的情况，他总推说是膝关节不好的原因。

大家也慢慢接受了这番说辞。

武汉经受新冠肺炎疫情考验，当各方支援和慰问的领导、专家和省市医疗队来金银潭医院雪中送炭的时候，张定宇知道自己的病瞒不住了。

迎来送往是基本礼节，但是对于上下楼都吃力的他来说，却成了异常痛苦的事情，可不去迎送那些可敬的同行，他又深感不安。

他坦然告诉大家，自己其实患了“渐冻症”。

所有人被吓了一大跳。

渐冻症，这个名词让人联想到已逝物理学家霍金。

这种疾病目前无药可救。患者就像被冻住一样，眼见肌肉慢慢萎缩，逐渐失去行动能力，然后在轮椅上生活，最后因呼吸衰竭而失去生命。

一个护士哭了：从没有想过，院长会是生病的一个人。我们就觉得一瘸一拐是他的常态。

早在各省医疗队到来前，金银潭医院的医护人员已经连续奋斗近一个月，没有节假日，不分白天黑夜，身心体力逼近极限。

但看到院长步履蹒跚的身影，每天凌晨2点刚躺下，4点就又爬起来处理突发事件的执着……大家也都一再咬紧牙关，跟着院长一起拼了。

两三个月以来，长期超负荷工作，张定宇的肌肉萎缩得越来越迅速了。晚上睡觉，他甚至能明显地摸到自己的臀大肌又凹陷了一大块。连他自己都没想到，病情竟然发展得这么快。

下楼梯时，他必须非常小心地把着扶手，吃力地移动。一次下楼，他差点整个人摔了下去。

之前唯一知道他病情的只有工作搭档王先广，他俩一起走的时候，张定宇总说："你扶着我一点。"

他不让王先广跟任何人提及，不愿意让同事因为他的遭遇而难过。他说："我就这几年了，能做一点，你就让我做一点。"

早在2017年，张定宇去外地出差时，腿部就已经有了不适感。2018年10月，被确诊为渐冻症。他知道，自己大概只剩5到10年的生命。

一开始他有点沮丧，爱人也以泪洗面。好像突然有一块巨石滚落，挡住了他人生的前路，还被清晰地告知：你的前路已经没有多远了。身体机能滑向深渊，行动不稳、变得吃力，但他只能眼睁睁看着，毫无办法。

对于一个热爱生活的人来说，这真是晴天霹雳。

后来他想通了，生命本无常，命运是无法改变的，唯一可以把握的是当下。他开始步履疾驰，尽管有些踉跄；与医生护士交谈时语速极快……他希望事情都可以高效率完成。

有一次，一名医护人员采集咽拭子的操作方法有误，不仅有被感染的风险，还可能使病毒检测结果有误差。他当众发了火。

在张定宇的高效率和严要求下，金银潭医院的医护团队在抗击新冠肺炎疫情期间屹立不倒。截至2020年2月16日，金银潭医院仅有数名医护人员院内感染，无重症案例。

医院里，常常回荡着他坚定的声音：“我们要胆大心细！有什么责任由我担着。”

“我们已经处于风暴之眼”

张定宇之所以能在这场狂潮中沉稳应对，取决于在之前的日子，他事事留心观察，完善防范措施及医疗设施，做好了打硬仗的准备。他常常说，搞临床要具备两种能力：一是要基本功扎实，二是要思维敏锐。

这次，张定宇以身作则，给医院职工展示了一名领导者的决策能力。

2019年12月29日，武汉华南海鲜批发市场首批7名不明肺炎患者转入金银潭医院。多年从事传染病防治的张定宇出于职业敏感判断，这可能不是普通的传染病。

当时疾控部门对几名感染者用咽拭子做了相关检测，结果均为阴性。张定宇怀疑结果的准确性。咽拭子取样位置是在上呼吸道，而病人的感染可能已经深入肺部，张定宇让患者改做肺泡灌洗进行再次检测。

果不其然，3天后，中国科学院武汉病毒研究所和中国疾病预防控制中心都测出了新型冠状病毒。

张定宇觉得，一切绝不是表面看起来的风平浪静：“我们已经处于风暴之眼，我们要做的、能做的，就是救治病人，保护我们的人民，保护我们的城市！”

2020年1月13日，距离武汉“封城”还有10天，金银潭医院宣布进入“战时”状态。张定宇要求全院职工取消休假，共同应对即将到来的硬战。

疫情在武汉蔓延。

从1月19日起，张定宇带领医护人员陆续开辟5个新的ICU。这个决策被证明是明智且及时的。

截至2月10日，金银潭医院累计收治1700余名患者。作为当地收治新冠肺炎确诊患者时间最早、病情最重、人数最多的医院，这些ICU在关键时刻发挥了极其重要的作用，重症患者得以及时腾挪并得到救治。这次抗疫战斗中，抢救危重症患者的重器ECMO，是现有体外循环技术中的“王者”，也是张定宇之前发现的“宝物”。

张定宇担任武汉市金银潭医院院长不久，就发现医院仓库有一台ECMO，他觉得这是个好东西，于是请来心脏体外循环专家给ICU医生做培训。

后来，金银潭医院用ECMO成功救治了2名艾滋病重症肺炎患者和1名患重症肺炎的大学生。

在2017年的H7N9型禽流感疫情中，ECMO大显神威，使得湖北省没有出现因禽流感死亡的病例。

还有这次被写进新冠肺炎患者的临床救治指南，已是ICU标配的高流量呼吸湿化治疗仪，较早前就在金银潭医院每个病区配备，并培养了能够娴熟使用的医护队伍。

这归功于张定宇平时的一大爱好——把医学杂志当小说看。

有一天，他被《新英格兰医学杂志》的一篇文章吸引了，文中说到高流量给氧可以替代部分无创呼吸机的功能。“我们医院接收呼吸疾病患者多，用得上！”他找到经销商，一口气采购了6台高流量呼吸湿化治疗仪。

“人总要有做事的欲望！”张定宇从不停下步伐，他总想做更多的事情，把队伍更好地凝聚起来。

我也许是个好医生，但不是个好丈夫

2月13日，张定宇在新闻发布会上表示，康复期的新冠肺炎患者体内有大量综合抗体，希望他们能够献出自己的血浆，帮助危重的患者！

2月18日，一名特殊的献血者来到武汉市金银潭医院，她就是张定宇的妻子程琳。

张定宇与程琳感情颇深。

程琳也是一名医生，在武汉市第四医院工作，也在疫情防控的一线。在张定宇争分夺秒救治病人的时候，他没想到，自己的妻子居然感染了新型冠状病毒。

1月19日，程琳入院接受隔离治疗，张定宇不能陪在妻子身旁，有时候一连三四天都顾不上去看她一眼。他无比愧疚地说："我也许是个好医生，但不是个好丈夫。"

而另一边，程琳也觉得愧疚，觉得自己非但不能在这个特殊时期好好地照顾丈夫，反而让他担心受累。

张定宇开车去看望妻子的路上，他突然害怕得哭了。渐冻症没让自己过分害怕，但他非常害怕失去妻子："我千万不能失去你，我绝对不能失去你。那是让我最害怕的一个晚上。"

也许上天听到了张定宇的祈祷，经过10天的治疗后，程琳康复出院，身体状况良好。

张定宇总算能够把心稍稍放下了。

程琳捐献了400毫升血液。随后又带着同是新冠肺炎康复者的同学来医院献血。

她和丈夫同心同德，希望更多的治愈者到医院献血，挽救重症患者。

与工作中的暴脾气和急性子不同，张定宇是个对生活温情脉脉的人。“我特别珍惜每一点时间、每一刻时间、每一会儿。我愿意和大家在一起，愿意和空气、阳光在一起。”

新冠肺炎疫情终会过去，张定宇的病情却只有唯一一个不可逆的方向。谈起这个话题，张定宇总是笑着说：“人生的终点都是死亡，这是很正常的事情。现在突然有人告诉我，你的终点不太远了，我就要把时间用多一点，用足一点。”

他温和地面对终点临近。他试着跟妻子、女儿讨论这些事情，让大家慢慢接受它，把它当成生活的一部分。他开玩笑地说：“你看我现在这么大一堆，以后就剩一点。”

他尽可能地，为所爱的人多做一点。知道自己的病情之后，这个从来不进厨房的汉子开始做起家务来。洗菜，做菜，刷碗，“以后万一我不能做了，只能看着你们，我会很难受的”。

程琳也一样，懂他，支持他。跟他在一起，珍惜每一天。

他对时间极其敏感，会认真地跟记者澄清自己的年龄，之前有媒体报道说他57岁，他说自己其实是56岁，是12月份出生的，他希望时间长一点，能做更多的事情。

这些年，他已经做过了很多重要的事情：

1997年，张定宇随中国医疗队出征，援助阿尔及利亚。

2008年汶川大地震，张定宇带领湖北省第三医疗队出现在重灾区。

2010年，46岁的张定宇，正式成为内地第二位无国界医生，湖北省第一位无国界医生。他赴巴基斯坦西北边境的蒂默加拉参加救援，那里条件简陋，疾病流行，周边常伴有恐怖的自杀式炸弹袭击。他抢救过多名枪伤少年、难产妇女，参与各种医疗救助单位的建设。

问及疫情结束最想做的事，张定宇想了想，说，想带着妻子，约上几个朋友，一起出去自驾游，“我还想去川藏线看看呢”。

中医德叔：击退非典，再战新冠

这次抗击新冠肺炎疫情，中医药的作用让广大民众眼前一亮。

用生命守护生命，广东中医医疗队是其中典型，他们的故事不仅是抗疫战场上的一张名片，也打开了民众迫切想要了解传统医学智慧的窗口。

被患者和群众亲切称为“德叔”的广东省中医院副院长张忠德，是代表性人物。我来讲讲他的故事吧，或许会让你对中医药有更深刻认识。

张忠德是国家中医药管理局应对新型冠状病毒感染的肺炎疫情防控工作专家组副组长、国家援助湖北第二支中医医疗队队长、广东中医医疗队队长。

17年前，他奋战在抗击非典一线，不幸染病，在生死线上走过一回。

17年后，他又勇敢地站在抗击新冠肺炎的战场。

01

武汉“封城”第二天，除夕。

德叔乘坐列车从广州赶赴武汉，投身医疗救援。

行前，他匆匆回了趟家，平静直率地跟家人说：“我要去支援武汉

了。”算是对家人的“交代”。

在家人含泪不舍的目光中，他拖着没装几件衣服的行李毅然奔赴一线。

三天后，国家援助湖北第二支中医医疗队驰抵武汉，德叔任队长，队伍中有四人曾参与抗击非典。

“苁蓉当归”是德叔带领的广东中医医疗队的网名，寓意全部人员从容战“疫”、平安归来。

这不仅是希望，也是承诺。

“我是队长，我带着他们健健康康来，就希望他们都平平安安回去，一个都不能少。”

抵达武汉后的第一件事，就是安排队员进行感染防护培训。

“考核不合格就不能进病区。”

“怎么严格培训都不过分。”

他知道，每一名队员背后都有一个家庭。

医疗队根据相关要求，合理谨慎排班，每天有二三十人需要进入隔离病区。他反复检查队员的防护措施，确保不会出错。但就在首批队员进入隔离病房的前一晚，他还是彻夜未眠。

后来跟记者说起，他绷不住哭了："我们做了很多培训。但就在他们要进病房的那天晚上，我怎么也睡不着。你再怎么培训，再怎么教他，战场上的流弹防不胜防。"

02

之所以如此谨慎，和张忠德的亲身经历有关。

17年前，在广州地区打响抗击非典第一枪的广东省中医院，成为抗击非典的主战场。急诊科身先士卒，科主任张忠德更是连续奋战多日。不幸的是，他在抢救一名非典重症患者时，被感染了。

发烧、呼吸衰竭、极度乏力、濒死感……症状越来越重。

为了抵抗病魔，他成宿成宿强打着精神不睡觉，担心睡着就再也醒不过来。

每一天他都觉得生命即将到达终点，遗书都偷偷写好了，压在枕头底下。

听闻自己的好战友、因感染非典抢救无效的护士长叶欣牺牲的消息时，他泪流满面。

"我当时的情况很严重，身体动不了，喘不了气，吃不下饭，血氧饱和度很低，血压也不稳定，头像是被按在水里一样。"

通过中西医结合治疗，20天后，张忠德突然感觉能吸进去一口气了。

他对来看望他的时任广东省中医院院长吕玉波说了一句话："活着

真好。”

全程运用纯中医药康复方案不到一个月，他就出院了。

又过了一个多月，他重新回到急诊科上班，且没有任何后遗症。

17年后，当他应召出征，朋友们不解，劝他：“你都56岁了，身份、地位都有了，何必去拼命？”

他笑着说：“年龄大了信仰还在、激情还在，我是一名有着治疗传染病、急危症及呼吸系统疾病经验丰富的医生，是一名中共党员。患者需要我，自然要去，哪有那么多为什么。”

如他简单铿锵的话语，患者在哪里，他的战场就在那里。

03

2020年的春天注定是不平凡的开端，新冠肺炎疫情令人不安，也加剧了人们对特效药的渴望。

一些闹剧事件让人直接把矛头指向中医药。

一些患者对中医药治疗有所抵触，认为其“临床作用慢，治标不治本”。

面对质疑，张忠德带领的医疗队交出了非常出色的成绩单，临床疗效显著，给广大患者和民众吃下了一颗定心丸。

2月5日，他率队接管的湖北省中西医结合医院有了第一位符合出院标准的曾经病情较重的患者。

2月6日上午，湖北省中西医结合医院18名患者集体出院。所有患者均接受以中医药为主的中西医结合疗法。

2月13日，广东中医医疗队接管病区的出院患者达到19名。

这一连串好消息，让全国中医人及一线医护备受鼓舞，他们的坚守是值得的。

张忠德在接受澎湃新闻记者采访时表示，中医药的疗效和口碑是患者往外传扬的，他们的客观评价就是最好的证明。

截至2月15日，全国中医药系统共同向湖北派出医疗队队员数量达2220人。中医医疗队坚持中西医结合治疗，尤其坚持发挥中医药特色优势。

武汉每天有数万份中药被送到社区隔离点和医院；针对湖北确诊病例的治疗中，中医药参与率83%以上；张忠德参与制订、完善、修订的国家级诊疗方案，推向全国。

2003年抗击非典时，中医药临床效果得到世界卫生组织认可，在治疗禽流感、甲流、登革热中疗效明显。

钟南山院士公开呼吁，让中医药及早介入治疗。

中医药越早介入治疗，效果越好。

04

按照中医的说法，新冠肺炎属于“湿毒疫”，疫情发生时地气有点暖，下了几场雨，造就了“寒湿”的环境，让病毒最容易滋生蔓延。

湿热难治。很多新冠肺炎患者会出现服用退烧药等后病情平稳一段时期，忽然又症状急剧加重的情况。

因为湿毒是核心，中医主张要化热、祛寒、扶正。

张忠德说，在早期治疗的时候，人体的正气被病邪过度消耗，治疗过程中就需要不断补充正气。

这就是“正气存内，邪不可干”。

早在1月19日，张忠德接到国家中医药管理局的电话，飞到北京参加专家会议，开始着手制订中医药治疗新冠肺炎患者的方案。

在中医药介入的全部病例当中，中西医协同作战治疗重症及危重症患者效果是显著的，应对轻症的效果更加明显。

中西医并重、中西医结合，是我国防控新冠肺炎疫情的一大亮点和特色，是具有中国特色的有效诊疗方案。

05

张忠德带领团队在武汉抗疫一线持续奋斗。

有人在网上发布德叔去武汉前后的照片对比。

由于高强度的工作和日夜操劳，他憔悴无比，瘦到脱形。

56岁的他跟同事调侃说：“千金难买老来瘦，开心都来不及呢！”“口罩帽子把脸压扁了，洗漱完又很英俊啊！”

网友们称他为英雄。

他摆摆手，说：“哪有什么英雄，就是个医生而已。”

世界上没有英雄，只不过有人需要，所以有人挺身而出。

最后来看一篇德叔的日记吧。

2020年1月28日 武汉

昨晚睡前，大家都很安静，也许是因为赶路有些疲累，也许是在养精蓄锐，准备打好这场疫情防控硬仗。

今天早晨，我们睁开眼时，感到有些许惊喜，连续多日阴雨天气的武汉出太阳了，很温暖。我们拉开窗帘，感受着这股刺眼的光，潜意识里强烈感觉到，胜利离我们不远了。

早餐后在去往感染防控培训的路上，我们看到了一名穿着防护衣蹲在地上晒太阳的医务人员，看得出来她有些累，但很享受这样的阳光。

相信不久之后，她就可以脱掉防护服在自己家的阳台上惬意地享受。因为病毒最害怕阳光、温暖，此消彼长，我们将更有信心利用这样有利的自然条件，早日打赢这场疫情防控硬仗。

凡人英雄

平凡的人给我们太多感动

在这个不寻常的春天里，发生了太多太多事。

有人出征，有人留守。

有人离世，有人痊愈。

有人慌乱焦虑，有人不以为意。

有人满怀怨气，有人万死不辞……

一场疫情，像一块巨石砸向人们原本平静有序的生活，一时间，巨浪翻涌。

我在复杂的情绪里，一个个，记下那些温暖善良、闪闪发光的普通人，他们做的事情，实在算不上惊天动地。但他们，值得我们铭记。

每一个，都值得。

01

互联网上有一张合影。十几个人简单地站成一排。没有造型，没有美颜，甚至每个人的脸都看不清。

但是，它有点暖心。

城管、环卫工人、交警、医生、特警……这是一个“为百姓保平安”小分队。疫情时期，中华大地，无数个这样的小分队，在默默奋战，护佑我们，护佑祖国。感谢你们！

02

武汉火神山医院顺利完工。一个全程参与建设的工人，拿到了工资。但是，他想全都捐出来。

想想，这是怎样的一种人呢？是最最普通的劳动者，在外面工地辛苦了一年，好不容易熬到过年回家，和家人团圆几天。但大年三十，他们接到紧急任务，放下筷子就到武汉建医院。

年夜饭，他们是在工地站着吃的。

多少次，都是太累了，直接躺倒在工地上小憩——浑身泥泞，以沙土砖石为席。

就这样昼夜奔忙，不辞辛劳，好不容易胜利完成任务。可是，他不要一点回报。

谢谢你！钱您留着，心意我们领了。感谢有你！

03

大年初五，河南洛阳一个家具厂接到了一笔20万元的医疗柜订单。这是支援武汉火神山医院的订单。

老板袁先生立刻接单，并回复："不用买，我们免费捐赠！"由于自家储备不足，袁先生把这个消息发到了当地家具协会的微信群里。大家竞相捐赠。14家企业通宵加班，一夜之间就凑齐了订单。

医疗柜装车完毕，物流公司得知货物是支援武汉火神山医院的，立刻提出免费运送，保证当天晚上送达！

这些小微企业主，平时本本分分做着小本生意，最不显山露水。但关键时刻，他们捧出了一颗颗红心！感谢你们！

04

大年三十，河南沈丘。

42岁的村支书王国辉载着5吨蔬菜，只身赶往火神山医院工地，免费送菜。

他曾在武汉服役17年，在部队主管后勤。新冠肺炎疫情发生后，他最先想到的就是：吃的怎么办？

清晨5点，他起床，拍门叫醒村民，让他们起来收拾菜。20多个淳朴的村民应声而来，忙活了半天。5000多斤青菜、4100斤冬瓜……最后整整装了5吨蔬菜。

王国辉马不停蹄开车上路，大年三十晚上8点，把菜送到了武汉。他说自己是武汉的老兵："1998年抗洪，我在一线。2008年抗击雪灾，我在一线。这次疫情，我理所当然也该在一线。"

曾经保家卫国，此生赤胆忠心。没有人规定英雄要一直做英雄，但你选择了火热和赤诚。感谢有你，共和国的老兵！

05

武汉一家酒店里，住着来自北京、上海医疗队的近400名医护人员。

正月初三下午，来了一个农民。他是开着农用三轮车来的，车上装着24箱蔬菜。他说："听说医疗队住在这里，我送些新鲜的菜来。"

他坚持不要钱。这个质朴的农民，骑行40公里，不会用导航，一路问路才找到酒店，脸和手都被风吹得通红。

但他很开心，告诉酒店的人："这是最新鲜的！我只有这么多了。"在场的工作人员都哭了。

让我们记住他：秦师傅，45岁，武汉的一个菜农。

秦师傅，你的菜，不但营养，而且暖心。感谢有你。

06

湖南常德，“90后”小伙郝进捐了1.8万片口罩。口罩来源我们想都想不到：他曾在一家口罩厂打工，当时效益不好，他辞了职。工厂给了他价值两万元的口罩抵工资。

听说疫情紧急，口罩紧缺，郝进立刻想到把这批口罩捐给需要的人。村支书要给他钱，他表示“一分钱都不要”。

在口罩厂打工，还被欠薪，小伙子应该也不是什么有钱人吧。买房、娶妻、养老，样样都需要钱。生活不易，而你心有大义。这样的你，一定会有一个光明的未来。感谢有你！

07

一辆武汉物资运输车经过收费站。工作人员起身向司机师傅敬礼：您辛苦了。武汉加油，中国加油！

交警则递过去一袋物品：师傅，拿点水，路上喝。

没有什么豪言壮语。但是这一幕，让人泪目。因为这一刻，我看到我们在一起。感谢你们！

08

1月31日，南京。一辆白色轿车停在路边，下来一个戴口罩的男人。他一边从车上往外搬箱子，一边对检查站民警说：“拿点东西给你们！我从土耳其背回来的。”民警一看，是一大箱口罩，赶紧问他：“您贵姓？”男人回：“免贵，中国人就行了！”

“我会永远记得我是中国人，但你们不用记得我。”最深情的话，往往说不出口。先生，你不用说，我们也懂。感谢有你！

09

1月31日，济南西站。一个热心的小哥哥开着大卡车，送来500斤消毒液原液。停车，卸货。没留下任何信息，就匆匆走了。疫情中的车站，消毒是重中之重。有了这些消毒液原液，车站半个月不用愁了。

小哥哥还贴心地准备了喷壶。他来之前一定想了很多吧。

车站人员连连道谢：多谢，多谢！他连连摆手：不用不用。

这个小哥哥，我们都知道，你不图这句“多谢”。但我们必须表达深深的谢意。为了这些消毒液，更为了你的温暖善良。感谢有你！

10

运送救援物资的车到了医院附近。一个医生跑过来引路，他坚持不上车，说：“我现在疑似感染，就在车外给你们引路吧！”然后他跑在车前，把车带向指定地点。

这背影，让人心酸。辛苦了，医生，你的背影有些模糊，但在我们心里，你清晰又闪亮。祝你健康！感谢有你！

11

大年三十中午，一个医生点了两份外卖，医生下单时体贴地备注：

“如果快递师傅介意医院环境，我可以到路边拿，不用送上楼。”

半小时后。不仅快递员把饭菜送上了二楼，店家还免费送了两个菜，并附了一张字条：

“医生，辛苦了。送一份肉一份菜。新年快乐！”

医生深受感动，拍照发了朋友圈。记者找到店家，店主说，看到医生的留言，他很难过：

“过年了，他们还坚守在岗位上，为这座城市默默奉献，却有一些人介意他们的工作环境。”

所以，他想做点什么。

这就是传说中的“良心卖家”吧，以后吃饭就去你家啦！祝你生意兴隆！感谢有你！

12

这是一家医院。特殊时期，医院的保洁工作人手紧缺。

可是清洁工作必须做。怎么办？

院长的儿子顶了上来。

在外留学的孩子，一回国就兢兢业业做了两个星期的保洁员。

拖地、消毒、擦椅子……勤勤恳恳，啥活都干。

少年强则国强。每次看到这样的孩子，都觉得明天充满希望。

给孩子点赞。

更要给院长点赞。

没有好家教，哪来好孩子？

真正好的教育，就是让孩子享得起福，也吃得了苦；昂得起头，也俯得下身。

向院长父子学习。

13

“封城”中的武汉，绝大部分餐馆关门了。医护人员吃饭，一度成了难题。

有一家小店，却一直在忙活。

他们每天要做将近1000份盒饭，专门供给医护人员。

一份盒饭里，有胡萝卜炖牛腩、土豆炖五花肉、一份青菜，再配上一个鸡蛋或半根玉米，料很足，卖16块钱。以当时的物价，店主小姐姐可说是赔钱的。

忙不过来，家里的父母兄妹齐上阵，一家人每天从早忙到晚。

店主小姐姐每天只睡4个小时。

别人问她为啥要干。她说：“我看到医护人员的朋友圈，很受不了，我就想做这个事儿。”

姑娘，我知道为啥：因为你的心里，装着别人。感谢有你。

14

“雨衣妹妹”，成都老板娘，做快餐生意的。

武汉疫情形势严峻，她从成都直奔武汉，几乎两天没合眼，消毒，检查，开火，免费给医护人员做饭。

起初没有防护服，她每天穿着雨衣，戴着滑雪镜，开车去送盒饭。

她问医生想吃什么，对方说：“我们不挑，什么都可以。有这么好的盒饭很不容易了。”

她回来的路上，一边开车一边哭，说：“疫情结束之前，我绝不会走！”

这个年轻的老板娘，每次在网上发布动态，都霸气又感人：

“医生努力救人，我努力做饭！”

“我不要捐款，我自己有！”

“我一生低调做人，谨小慎微，但在爱国问题上我绝不低调！”

“别问我怕不怕、累不累，我只知道同心一致抗疫情，团结一致才能渡难关！”

有人问她：“这么送你能坚持多久？”

她回答：“随时准备卖法拉利！”

有网友给她留言：“我是湖北人，真的感谢你！”

她回：“灾难面前都是一家人，应该的！”

不肯透露全名的周师傅，看到她的视频后给她弄来整整一车的各种新鲜蔬菜。

她含泪感谢。

有的医护人员，在拿了盒饭后，会偷偷往她车上放几盒牛奶。

也有网友说：等疫情过去，我们去把她的店“撑爆”吧！

用爱推动爱，以微光点亮微光。

当善良的人携起手，春天，快要来了。

15

2月5日，大雪。

山东东营。忙了一上午的民警，开始吃午饭了。

这是一顿寒酸的露天午饭。

没有桌椅，警车的引擎盖就成了餐桌，雪花纷纷扬扬飘进盒饭里，看着都凉。

民警们的手和耳朵，冻得通红。

但谁也顾不得那么多，因为还有任务，必须赶紧吃完，赶紧干活。

我们想着“什么时候才能出去吃火锅”的时候，不会想到，其实能坐在家里安然吃饭，已是莫大的幸运。

是无数人在冰天雪地负重前行，才换来我们的清闲安宁。

人不能不知足，更不能不知恩。

这次疫情，一线民警付出了太多。

在此说句“谢谢”吧。

愿疫情快点结束，你们也早日回到温暖的家。

16

还有个小伙子，21岁，是一名辅警。

任务艰巨，过年他没能回家。

这天中午，他给妈妈打了个电话，说：“你们放心，我好着呢。”

但是挂了电话，他偷偷哭了。

一边哭，一边坐在地上吃盒饭。

塞了几口饭，抹了几把眼泪，又赶紧拿着小本本去工作了……

21岁，还是个大孩子。

可这小小的、单薄的肩膀，却扛起了重任。

谢谢你，小伙子！

等打完这场仗，回家让妈妈好好给你补一顿团圆饭吧。

我们“批准”你，继续做妈妈的小孩。

17

武汉。一个父亲去给在一线工作的儿子送物资。

儿子看见父亲，本能地向后退，隔着很远说：“不要靠近我”“放下东西，快点走”。

父亲远远地把东西放在树下，转身离开。

儿子把头转向一边，哭了。

车里的妈妈朝他挥手：“一定保重啊，儿子！”

妈妈说，看到儿子向后退的那一刻，她的心都碎了。自己捧在手心20年的孩子，怎么忽然，就不能靠近了呢。

别难过，妈妈。

他长大了，要去战斗了。

今天，他不只是你的好儿子，更是国家的好战士。

就请远远地给他加油吧。

愿他无惧无畏，愿他大胜而归。

18

疫情严重，一个小伙子没能回家过年。

邻居上海大妈看他好几天没出门，怕他弹尽粮绝，特地把家里的菜搬了两大袋放到楼道里，让他随便拿。

都说远亲不如近邻，真没错。

一个善良友好的邻居，有时候真能帮上大忙。

谢谢这个阿姨。

这件事很小，但您的善良很珍贵。

您是一个好榜样。

希望我们每个中国人，都深怀为他人着想的善良。

让艰难的世间，多几分温柔。

19

她，一个武汉小姐姐，曾是新冠肺炎患者，2月1日从武汉市金银潭医院病愈出院。

两周后，她从新闻里看到金银潭医院的张定宇院长说，康复患者体内有综合抗体，可以对抗病毒，恳请康复后的患者去医院捐献血浆。

她立刻行动，还呼吁其他痊愈者也前来支持。

据报道，“康复者血浆捐献”的3条热线公布后，电话瞬间被打爆，很多痊愈患者都积极表示想要捐献。

中国人讲，滴水之恩，当涌泉相报。

那么，救命之恩，何以为报？

他们选择用热血来报答。

毫不犹豫，毫无畏惧。

20

这次疫情，有太多这样的故事。我记下的，也许只是千万分之一。

如果不是这场灾难，我们也很难知道，普普通通的人群中，原来藏着这么多闪亮的灵魂。他们特别普通，特别朴实，但也特别了不起！

这些闪闪发光的普通人，让我们温暖、安定，心中有力量，眼前有希望。

有一个问题，我最近一直在问自己：国家有难，我们普通人该怎么办？答案很简单，就是：每个人，都扛起自己那份责任。

事实上，绝大多数国人也是这么做的：医护人员冲上去治病，警察站出来值守，厨师给医护人员做饭，工人奋战在建筑一线。有菜的送菜，有口罩的捐口罩，做医疗物资的连夜加班，懂健康知识的不断科普……我们齐心协力，灾难就扛过来了。

必须得说，这一场硬仗，是全国人民一起打的。赢了，也是全国人民的功劳。

是奋战一线的战士。

是那些善良的人。

是每一个放弃了过年回家的人。

是每一个取消聚会，还普及防疫知识的人。

是每一个出门必戴口罩，还劝别人戴口罩的人……

大家勠力同心，就能战胜病毒。若没有绝大多数国人的支持、配合，何谈胜利？

其实，这场疫情中，每个人都面临选择。

是冲，还是退缩？

是助力，还是旁观？

是配合，还是添乱？

…………

此刻，当全国人民交出答卷时，我们惊喜地发现：

原来人间，真的有那么多不期而遇的温暖和生生不息的希望。

那一点点的微光，连在一起，就成了暖阳。

谢谢了！

每一个无私付出的人。

每一个勇敢善良的人。

每一个在黑暗里举起火把的人。

让我们在这场突如其来的灾难里，感到温暖、心安。

也让早已习惯独行的人们看到，原来我们那么紧密相连。

愿这次灾难过后，我们依然心怀热望，携手向前。

愿我们每一个人，今后都在自己被需要时发出光来，用点点微光，点亮黑夜，温暖人间。

武汉骑士：今天，我们来做这座城市的摆渡人

我们是武汉的快递员。

在平常，你们会看到我们匆匆忙忙的身影。

有时我们像骑士，在你家楼下苦苦等待，看着你姗姗来迟的身影而欣喜若狂。

更多的时候，我们来到你家门口，带给你惊喜。

我们在城市行走的轨迹，连接起来就是一张密密麻麻的网。

在这场疫情当中，“生意”突然“兴降”起来了，可是很多同行却不干了。因为这个城市来了“隐形妖魔”——新型冠状病毒，很多人害怕与它迎头相撞。

源源不断的需求呼喊着我们，很多人想了想，还是上吧！前方危急，社会需要，我们不能临阵脱逃。

于是，空旷的城市街道，常常只剩下我们。

大家叫我们“摆渡人”。什么是“摆渡人”呢？最开始的寓意是：用船把人从此岸送到彼岸的人。后来还有另一种解释，就是帮助社会、替人解忧的人。再者就是把人从痛苦的一边运送到幸福快乐的一边。

总之，这是个令人骄傲的称呼。我们希望能竭尽全力，不负“摆渡

人”之名。

肖唐松

我是一名兼职快递员。

那天我去取订单，看到两个人扶着一个老人往前走。我走到他们面前的时候，看到老人的身子往下滑，两人也已经扶不动了。

我忍不住上前问：“怎么了，需不需要帮忙？”

“老胃病犯了，一个礼拜没吃饭了。”其中一个人说。

“是生病了吗？发热吗？”

“不发热。”

我一看，老人的脸卡白卡白的，赶紧说：“快扶到我车上，我帮你们推过去。”

送完老人，我回家吃了个午饭就继续工作。

晚上8点，我刷了一下微信朋友圈，突然看到一则消息：

“洪山区、南湖区请火速扩散，今天早上有人请这个外卖小哥送家里一个胃疼的老人去医院，去医院后确诊为新冠肺炎，请大家帮忙找找这个小哥，让他自己尽快隔离，谢谢！”

照片里的这个人，不就是我吗？我一瞬间蒙了，刻不容缓，我赶紧找警察说明情况。然后社区给我安排了隔离点，也让我的家人居家隔离。我回想了一下，那天我在家里只待了半个小时左右，而且是在房间吃的饭，没跟家人接触。

老人家属一直跟我道歉，说真的不知道是新冠肺炎，还以为只是胃病又犯了。

老先生去世了，我也很难过，我不怪他们，真的，我知道他们肯定不是故意的。如果重来一次，我还是会那样做，救人是大事。

隔离期间，我的骑士兄弟来给我打气，给我送东西，问我过得好不好，闷不闷。他们在下面招手，我在上面招手。

隔离了14天，身体没有任何症状。隔离期结束后的第二天，我就复工了。公司给我发了奖金和补贴，还奖励我一台新车、新餐箱和两双鞋。

看到照片里我的鞋子脱胶了，好多人捐钱说是给我买鞋子，我没有接受那些善意。那次只是个巧合，我才不是天天穿一双破鞋上班呢。我自己有能力养活家人。

能平平安安的真好，我已经跟社区书记说好了，我要当志愿者，哪里有需要，我就去做一些力所能及的事情。

我40多岁了，经历了很多事情，也没想过能为社会做多大贡献，只不过遇到了，就帮了别人一下。下一次遇到，我还会帮。

汪　勇

我在武汉长大，在一家快递公司工作，业余时间也会开一下网约车。

新冠疫情发生后，我加入了武汉市金银潭医院区域医护人员车辆需求群，这是志愿者建的一个微信群。一开始只是好奇，因为群里有医生，我想通过他们了解当时的疫情。

大年三十晚上，我看到群里一名金银潭医院的护士发出的次日清晨6点钟的用车需求。可是她发了好几次，都没有人回应。我平时从网上也了解到，因为公共交通停止运营，很多医护人员下班后只能走路回家，有些要走好几个小时。

凌晨1点，我在群里回复了她的需求，说：“我去接您。”

我跟家人说我要去公司值班。

不是不害怕。第一次送医护人员回家，虽说只有20分钟车程，可我还是不受控制地紧张到双腿发抖。

正月初一这天，我接送了大概30名医护人员，虽然仍害怕得发抖，但也停不下来了。

医护人员出行需求量很大，我开始招募志愿者，越来越多的志愿者加入。后来我们还联系了网约车公司、共享单车公司和共享电动车公司，他们都愿意加入帮助医护人员出行的阵营。

事情越来越多，我经常没法接听家人的视频电话，这事就无法继续瞒下去了。好在，担心之余，他们都表示理解并鼓励我。

元宵节那天，听说女儿趴在我的照片上亲了又亲。我很愧疚，也很想家里人。

但是，另一边，我还是放不下。

看到一个护士发朋友圈说“想吃米饭”，我觉得心酸，便开始为他们筹备盒饭。开始时遇到许多困难，但最后都顺利解决了。

后来，我又开始帮医护人员解决其他物资问题，缺羽绒服我们买羽绒服，缺防护鞋我们买防护鞋，还给过生日的医护人员送过蛋糕。谁要解决什么问题，在群里喊一声，我们就会想办法搞定。

那么多天，我们志愿者不断在做事情，为医护人员解决各种问题，虽然也遇到了一些阻力和压力，但是我们都没有停下来。

有一天，一个护士对我说：“勇哥，你从早上到现在完全没停，真的要注意身体。”当时我眼泪就出来了，大半个小时都止不住。在大事面前，我啥事没有，但此时一句温暖的关怀，让我真扛不住。

他们叫我“万能的勇哥”。我们之间，越来越有生死之交的感觉。

我只是一个“组局”的人，手头没有任何资源。我所能做的，就是传递一点点温暖和感动，别人给我，我给别人，最后这个雪球越滚越大。

凭着一颗爱心，那么多人来加入、协助我。我特别感谢志愿者和企业的奉献；也感谢父母给我支持，从小我就不是一个让人省心的小孩，还好，这次没给他们丢脸。

吴　辉

我39岁了，是外卖小哥当中的“外卖老哥”。平常喜欢写写微博，我的微博名字叫“计六一六”。

疫情暴发以来，我每天都会记下武汉发生的点点滴滴，记下我正在经历的这个历史时刻。

送外卖原本是为了挣钱，春节正好也没有回家，真没想过要做什么伟大的事情。但遇上疫情，又有人需要，我便开始行动。

刚“封城”那几天，各种采购超市物资的订单纷至沓来。刚开始没人敢接送往医院的单子，我就去送。这些日子，我也接了许多特殊的单子，大多数是帮着买菜买药的，也有帮忙喂猫的，还有一个订单备注是

"妈妈做的饭，给爸爸送去。我爸爸是前线医生，谢谢小哥了"，看完我落了泪。

有时我也会感到无力，因为不是所有的忙都帮得上。

但在这种时候，外卖员能送什么或许并不重要，我们存在着，本身就是一种安慰，说明武汉还在运转。

常常感觉有人在等着我，感觉这座城市正需要我，这种感觉对我能坚持下来真的特别重要。

其实我不是武汉人，在武汉读大学，毕业后去了好多地方，经历过各种挫折，后来又回到武汉。

很多人说，感谢我守护武汉。我也要感谢武汉，帮我走出人生低谷。

我　们

我们不仅送外卖，也传达爱。

比如爱情。

有个在外省的女生给她在武汉的男朋友点了一份黄焖鸡米饭，在备注里写着：今天男朋友生日，帮我说声生日快乐，他一个人吃泡面很久了。

有个浙江的女生给在武汉的男朋友点了水果，备注了一句话：请替我跟他说声"我想你了"。我照做了。听完这句话之后，男生颓靡的脸上突然有了笑容。本来有点不好意思的我，在那一刻，居然感觉有点温暖。

比如亲情。

有一天接到一个采买食材的单子，店员说这是紧急单，家里只有两个老人相依为命，吃了好几天的剩饭剩菜。女儿在上海回不来，急得都哭了。

更多的是订单上的各种各样的备注信息：

“帮我叮嘱爸妈戴好口罩，辛苦了。爸妈在家，我们在外地回不来。”

“辛苦了，武汉封城，无法回来看望爸妈。”

…………

有个安徽的女孩，给母亲送了一朵烈焰红玫瑰。

比如陌生人的爱。

2月2日，有个老人想出门，但出不去，老人就在那里张望，他说想买口罩和酒精，我就去找，满世界找，找了好久终于找到了，赶回去时，他还等在那里。给完他之后，我才松了口气。

2月4日，我接到来自武汉大学中南医院的一个订单——

“我们门诊有个小姑娘今天生日，她父亲刚过世，她说想吃块奶油蛋糕。你看有没有可能弄一块，如果为难就算了。”

我心一酸，这就和几个同事去找蛋糕店。这个时候的店面都已经关门了，后来我们终于找到一家店面，店主说：“马上开门做，免费做给她吃，你放心。”

我们都是城市中普普通通的一员，也是守护城市的骑士。

就像蚂蚁，努力做好这座城市的搬运工，守卫武汉爱的疆土。

千里飞驰的“逆行侠”

武汉“封城”。来自各地的司机师傅，载着各地民众满满的爱意和关怀，日夜疾驰武汉。他们，是举国支援武汉、支援湖北的一个缩影。

西藏拉萨—湖北武汉，6天

游青山，四川来的司机。

刚运完一车物资到拉萨，又收到运送捐赠物资前往武汉的委托。

他原以为4天可以到达的路程，实际花了6天。

其间，他有严重的高原反应，头晕、头痛、缺氧及寒冷，都令他异常难受。头痛欲裂的时候，他就吃自己准备的药。暂歇昆仑山的夜晚，他颤颤巍巍地盖上两层被子取暖，却仍像睡在冰窟。

所谓光辉岁月
不是万众瞩目时的闪亮夺目
而是无人理睬时的跋涉时光

零下20℃，白雪皑皑的高山。“千山鸟飞绝，万径人踪灭。”

当了司机12年，他从未想过，自己会在这个美丽雄壮的地方留下一段难忘的经历。

在从拉萨开往武汉的第二天，他在沱沱河边停下休息，准备弄些吃的。等他回来，柴油冻住，车开不了了。

打电话求救，老司机们教他用柴火烤热冻住的油管。他辗转在白茫茫的山上，找不到可用的木材，最后急中生智，从车里拿出两条毛巾。

用浸了柴油的毛巾，终于生起火来。

一连几个小时，山风刺骨，荒无人烟，仿佛有什么东西虎视眈眈，他感到恐惧又焦急。

在雄壮的大自然面前，人极其微小，只能仰望和祈祷。游青山想，就看下午车子能不能点着火，熬不过去就得等死了。

他给妻子打电话：“我会活着回来。”说着，泪水忍不住流了下来。

好不容易熬过这一劫，驶入一段山沟时碰上路面结冰，前方的车辆急刹车，他也急忙踩刹车。没想到，车身顺着倾斜的路面向后滑去，他心惊肉跳，后面就是悬崖！

正准备跳车，奇迹发生了：车停了下来，在离悬崖十几厘米处。定了定神，他热泪盈眶，身体颤抖。

6天后，一辆红色大货车到达武汉，给武汉带来了雪域高原的珍贵物资——267箱食用油。残破的横幅诉说着货车及司机长途跋涉的风霜。

几天下来，他没吃过一口热饭。下车后，有人给他煮了一大盘两人份的饺子，他一口气吃了个精光。

这注定是游青山一生中难忘的经历。他曾经是个军人，永世不忘自己的身份，国家有难，有召必回。

辽宁—云南—湖北武汉，三次往返，10天

他叫李东新，也是卡车司机，和妻子居住在辽宁，夫妻俩搭档跑运输已有10多年了。

看到武汉疫情日益严峻，也在网上获悉运力告急的情况，他跟妻子商量着，想免费给武汉运送爱心人士捐赠的新鲜蔬菜。

“一人一天吃两斤东西，对这个千万人口的城市来讲，可是个不小的数目。”

妻子非常赞同。虽然他们知道，去一趟武汉意味着损失几万块钱。

“别的我们也没想，就想把这些菜赶快运过去，让武汉人民快点吃到。”“这个时候，不能用钱来衡量这个事。”

从云南装车到武汉卸货，夫妻俩轮流开车，只花了两天多的时间。接着又马不停蹄地来回运了三次，10天里日夜兼程。

尽管要接受隔离，夫妻俩还是很高兴：“搭工搭钱不一定是傻，我们什么时候都能把钱挣回来。将来回忆这件事的时候，觉得自己这辈子没白活。”在武汉，他们已经认识了很多朋友。朋友们说，来年花开的时候，请他们去武汉喝酒。

他们等待着那一天。

上海—武汉，2天

疫情暴发以来，一家医药公司从全球调配物资空运回国，接着再将物资转运武汉。

一开始很多司机都忐忑不安。

“没人去，那我去吧！”2月10日傍晚，李加权接下了前往武汉的运输

任务，载着口罩、防护服和呼吸机等紧缺的医疗物资，穿梭于上海—武汉的“生命线”上。

饿了啃饼干，乏了嚼话梅。既然睡不着，干脆早点起来开车。车子行至武汉附近的加油站，要换上防护服，身材微胖的他一穿上就大汗淋漓，测体温时超过37℃。

他急得赶忙下车吹风，过了好一会儿体温才恢复正常，把物资顺利送到雷神山医院后，他回到驾驶室睡着了。那一夜，他睡得特别香。

回到上海，他的事迹被央视新闻关注了，这让他有点为难：“我可是瞒着家里人去武汉的呀，要是被他们知道，肯定会唠叨的！”

还有一个女司机，叫谢琳，50多岁。

在接到去武汉协和医院的运送任务时，她犹豫了，自己的体力不知能不能支撑得住。

这个时候，78岁的母亲鼓励她：“这么多人都在跟病魔作战，你也要上。”于是，带着母亲的支持和秘密武器——速溶咖啡，她踏上了征程。

运送的物资重要，她不敢有丝毫差池。为了赶夜路的时候能精神高度集中，她在保温壶里冲了4包速溶咖啡。一壶喝完再冲4包，继续喝。以致第二天送完货，她已经疲劳到极致，眼睛却睁得大大的。

她最难忘的一件事是：到了武汉协和医院，医生坚持不让她下车帮忙卸货，并且递给她一个盒饭，里面装着一、二、三……十颗牛肉丸。看她惊讶，医生笑笑说：“没什么可以谢您的，我把午饭里的牛

肉丸都给了您。”

她的鼻子有点发酸。

他们是这家医药公司最早承担向武汉运送医疗物资任务的两名司机。从上海张江出发，拉着8000套防护服和其他物资运往武汉。他们担心因路况不熟影响送达，全程没有下过车，充饥靠的是泡面加饼干。

到达之后，为了保护他们，医生没让他们下车，而是打电话表示感谢。

武汉的冬夜朦胧浑浊，“逆行侠”的身影却清晰明亮。

河北石家庄—湖北恩施、武汉，两次往返

他是石家庄的一名货车司机，大年初一正和家人团聚，却突然接到一通电话：“有一车去湖北恩施的货，那边医院急着用，能不能马上跑一趟？”

一时间，他不知如何回答。

好不容易一大家子团聚，更何况，1月23日武汉就已经“封城”，那边的状况大家心知肚明。

而这通电话是石家庄一家药物公司接到的来自湖北的紧急求援信息：当地急需盐酸莫西沙星氯化钠注射液等急救药物。在这个等待救命的关头，一时间却找不到送药的司机。

女儿支持他，觉得爸爸应该去，却又担心爸爸感染。

两个哥哥说：“遇到事大家都不往前冲，怎么控制疫情？”

“是啊，如今国家有难，咱不能退缩！”他坚定了信念。

妻子默默给他塞了好些吃的。

他一个人，带着一车药物和全家的叮咛，向湖北驶去。

前往湖北方向的高速公路空空荡荡的，他不禁有些伤感。

当服务区工作人员向他连声道谢的时候，他又热血沸腾，把车开得飞快，前进！前进！再前进！

送完一趟，2月3日，他再度出发，这是武汉疫情极为严峻的时候，但是他不再害怕了。

有了他的带动，更多的司机勇气大增。

“如果有需要，我还会驾车前往一线。”他坚信，我们一定会早日战胜疫情。

安徽宁国—湖北武汉

十几岁的时候，他就知道自己的祖籍在湖北，但从来没去过。他没想到，会在这样的特殊时期，与老家不期而遇。

他是快递公司的一名驾驶员，也是一个单亲爸爸。平时非常忙，几乎没有时间陪孩子。年底终于放假了，“一下子休息两个星期，总算有时间能陪陪孩子了”。

没想到，大年初一，一个电话打断了他的计划。

“送10万片口罩到武汉。”

他没敢跟母亲说，直接把儿子交代给了父亲。

父亲是一名退休的老党员，得知他的决定后，大力支持：“老家有难，要去！不过一定要注意安全！”父亲坚定地说。

他和同事一起前往运送物资，行车中聊天发现，同事的祖籍也是湖北，和他家的经历如出一辙，都是早年爷爷带着家人，挑着担子来到宁国。

因为任务紧急，二人在路上没有停歇。凌晨4点下武汉高速时，见到高速出入口警灯闪烁，他们的心情随之紧张。交警看到车牌号，劝他们返回。“我们是来送口罩的！”说明来由之后，交警检查、核实，给他们发放了特别通行证。

1月26日下午，车子回到宁国。他自觉在外隔离。

给父亲打了电话：“我就不跟你们见面了，你们帮忙再带几天孩子。”

本想跟孩子视频，但又怕孩子哭闹。他决定“再忍几天，观察观察再说吧”。

山东日照—湖北武汉

“我靠着一包瓜子，花了40多个小时，跑了个来回。”

他是山东日照人，18岁开始抓方向盘。这次他拉了30吨酒精，送往千里之外的武汉。

那天是正月十二，装好物资发车的时候，已经是晚上10点。天空飘着小雪，上了高速，雪越来越大，很远才能见到一束车灯光。车窗外的风呼呼地吹，四周全是光秃秃的杨树。下雪天路滑，他不得不减速。到了安徽境内，雪变成了冷雨，一直下到武汉。

每进一次服务区，都会有体温枪在脑门上“嘟”一声，一路下来，不知被“嘟”了多少回。他到了卸货地点，已经有10多名志愿者在等着了。志愿者感谢他，并送给他防护服、口罩，还有护目镜。他很感动。

回家隔离的时候，老婆才知道，他刚去了一趟武汉。

“再过几天，我就能出这个房间。让老婆给包顿饺子，馋了。”

写在最后

疫情期间，这样的故事每天都在发生。

这些逆行侠客，是普通人，也是勇者。他们是传递善意的“齿轮”，承载着众人满满的爱一路前进，驶向湖北。

我想，我们应该记住他们日夜奔波的付出。

请让我们记住，在那段特别的日子里，曾有一辆辆大货车满载着生命的希望，在空无一人的夜路上飞驰，一盏盏车灯，正是黑夜中最美的眼睛，一闪一闪，亮晶晶。

送药记

武汉按下“暂停键”，有些事却万万不能停，因为关乎生死。比如送药。

疫情早期，很多患者等不到床位，不得不在家隔离，对他们来说，一盒药也许就是救命稻草。

还有患有其他疾病的人，疫情期间怕交叉感染，无法去医院，但他们的基本用药不能停。

人是特别神奇的动物。每当群体有需要时，就总会有人站出来，不顾自身的安危，去救别人的急。

这一次，送药人出现了。他们用自己的辛苦和勇敢，抚慰着患者心中的不安。

最需要帮助的患者，正是危险的传染源

克力芝是治疗人类免疫缺陷病毒Ⅰ型感染的药品，是艾滋病感染者的常备药品，对新冠肺炎轻症患者有一定疗效。

由于是处方药，一般药店买不到，于是一些艾滋病感染者便为新冠肺

炎患者募集了一批克力芝。问题来了：谁在武汉接收这批药物，又如何送到患者手里呢？要知道，最需要帮助的患者，也正是危险的传染源。

送药不仅需要勇气、一腔热血，更需要格外谨慎。武汉的知名视频博主“蜘蛛猴面包”（以下简称“蜘蛛猴”）承担起了送药人的角色。

由于患者分布在武汉市内，十种八种的药通常都要耗时整整一天才能送到。

每次送药时他都会关心取药者：“你家是有患病的人吗？你自己的身体怎么样？有没有隔离？”

因工作感染成重症的一线医生的妻子，带着丈夫的肺部CT来到他车前拿药。她指着CT说：“看，这是他的肺，白色的部分是有问题的。”声音有些哽咽。她没有太多悲伤的表情，整个人好像被掏空。看着她快步走向医院的背影，蜘蛛猴偷偷哭了。

还有一次，一个女孩带着哭腔联系到他，说是为她重症的父亲求药。蜘蛛猴还四处帮她打听病床。没想到好不容易住进医院，两天过后，女孩的父亲还是去世了……她在医院门口痛哭，大喊：“怎么办，我没有爸爸了！”他心如刀绞，不知该如何安慰女孩，于是把所有的口罩都给了女孩，目送她和大伯去了殡仪馆。

蜘蛛猴还接送过医护人员、患病老人……这些日子，他目睹和经历了很多很多，他不仅是一名志愿者，更是一个温情的导演，他拍下了《武汉日记2020》系列视频，记录自己在志愿服务途中遇到的人间百态。他深入社区，倾听患者的声

音，设身处地为别人着想，替他们奔波，为他们发声，希望更多人能了解真实的武汉。

他也经历过近距离接触病毒的恐惧。有一次，他帮忙接送一名新冠肺炎确诊患者，心里也会想：死神不会那么眷顾我吧……经过武汉的一个老社区时，他很怀念前些年自己在这里拍摄《武九铁路》的时候，人声鼎沸的样子。

人是城市的灵魂，人都躲起来了，城市就变成一个没有温度的空皮囊。

那一刻，我觉得自己是在救人

一个武汉的年轻人，身着迷彩服，骑着电动车四处奔波，给武汉市内的人无偿送药。他不是快递员，他是义务送药人吴悠。

1月23日，吴悠买了口罩和预防类药品送去爷爷奶奶家。爷爷说的一句话启发了他："把口罩送给需要的人吧，一片口罩保护一个人，一万片口罩保护一万人。" 手头正好有500片口罩，他就打电话问武汉的朋友是否需要口罩，给他们送去。看到没戴口罩的老人，他也会送两包。剩下的口罩，他在路边随机派发给需要的人。

发完口罩之后，吴悠又萌生免费跑腿的想法。他找来一张白纸，写上"免费帮送药、食、口罩"，挂在电动车前，拍了照发到网上。没过几分钟，1000多条评论和上万个点赞扑面而来。由于电动车的骑行里程有限，他只能优先给家附近、情况紧急的患者、老人和婴儿送物资。

刚开始他什么物资都送，后来发生了一件事情，让他决定，以后只送药品。他接到一个来自湖北黄石的求助电话，说在武汉家中有两个确诊新冠肺炎的老人，情况危急，已经讲不出话来，家里没有药。吴悠也急了，赶忙买了药送过去。他"砰砰砰"连敲了几下门，听到有开门声赶紧离开，老人拿了药，远远朝他深鞠躬。后来吴悠得到消息，老两口等到了病床，病情也有所好转，而吴悠送的药，让他们熬过了关键的一晚。吴悠感慨：“那一刻，我觉得自己是在救人。”

他的电动车在充满电的状态下只可以骑行35公里，气温低时的骑行里程还会更短。但那一天，他骑电动车跑了80多公里，耗时超过15个小时，途中充电两次。这是为了给一个离家30公里的紧急求助者送药，而这已经是她发来的第七次求助：家人发烧，自己也发烧，没有药。“她太无助了。”吴悠不忍心拒绝。

吴悠平时爱拍视频记录生活，疫情期间也记录了自己送药的事。父亲看到视频才知道他免费送药的行为，没有阻拦，而是鼓励他坚持下去，并叮嘱他保护好自己。

更多志愿者加入吴悠的团队，送药的区域也覆盖了整个市区。吴悠希望拿到药的患者能够再努力撑一撑，等到收治、康复。他内心有一种强烈的英雄情结，这源于他10岁时看过的动漫《奥特曼》，他最喜欢的角色是奈克萨斯，那个一开始被误会，甚至被人攻击的英雄。“这不只是一个人变成奥特曼的故事，而是不断地去传承奥特曼的力量。去奉献，去战斗，去拼命保护大家。”

吴悠还是一名很酷的中学物理老师，喜欢新鲜事物，游戏玩得很“6”，即兴说唱也很有一套，和学生打成一片。他磊落坦诚，频繁接受媒体采访，认为做好事就应该公开，这样才

会有更多人参与。

“有人说我作秀，其实我只想做给我的学生看。”吴悠认为，教师最重要的是言传身教，行动能承载千言万语。他想告诉学生，爱和勇气，是人类成为高级动物的特点。一个19岁的学生，从1月25日开始就跟着吴悠免费送药，每天在冷风里骑行20多公里。其他学生也给吴悠写信，说吴老师是他们心中的偶像。对于一个老师而言，这也许是最大的慰藉吧。

吴悠给孩子们做了一个真正的表率：原来，人可以那么酷并勇敢地活着。

“因为方便拿呀，一下就上车了”

武汉的大街上，突然出现一个浑身挂满药袋的人。数十个药袋串在一起，挂在他微胖的身上。他说自己像游戏里的一个角色，还得意地发了朋友圈，但妈妈留言：“你嘚瑟个啥？！”

他叫丰枫，武汉江岸区后湖街道惠民苑社区网格员，负责帮居民采买慢性病药物。

丰枫为人性子急躁，社区居民以往来登记信息，遇到插队的、提要求多的、不理解的或埋怨他的居民，他的脾气很容易就上来了，因此经常被投诉。

2月24日早上5点多，丰枫和两名同事来到黄石路一家药房。烈性子的丰枫展现了他的另一面。他耐心排队等待药师查单子、开药，细心核对居民的社保卡、药物的名称、剂量，他知道这些药物对居民来说至关重要，是一点也错漏不得的。

从药店出来时，接近下午5点。因此前连续两天没能排到号，导致当天要拿的药有近100份。眼看两个大药箱都被塞满了，丰枫就将剩下的小份药串成两串挂在自己身上。谈及这个看似“呆萌”的形象，丰枫说：“因为方便拿呀，一下就上车了。”

简单的回应，潇洒的身影。努力满足着社区居民一点一滴的需求，连成一大片希望。这个真实可爱的“铁憨憨”，虽然性子急了点，但心里还是装着大家的。

只是选择比普通人多勇敢5分钟

这是一群网约车司机志愿者，替患者买药。他们以半天为一个交接班，每半天至少要跑七八家超市、六七家药房。因为这些药物对患者来说至关重要，如果跑了好几家都买不到，第二天还得继续找。

疫情严峻的时候，救护车运力不足，网约车还得担负起救护车的功能。一些有重症慢性疾病的患者，又或者临产的孕妇，都需要志愿者挺身而出。

一名志愿者接送完老人之后，觉得自己额头发烫，不由得心慌。拿出体温计测了好几次，显示体温正常后才稍稍放心，后来才想到，可能是因为防护服、护目镜、口罩捂得太紧。

美国文学家爱默生说，英雄并不比普通人更勇敢，他只是比普通人多勇敢了5分钟。

但愿，我们都可以更加勇敢一点点，成为他人的英雄。

爱无处不在

有时，这些冒着风险、热心奔波的送药人，会被误认为是送快递的，甚至要求他们送上门。有时，他们也会遭遇风言风语，甚至被举报“非法售药”、从中“赚差价”。殊不知这些救命药是他们冒着风险，跑了多少家药店才买到的。

好在这只是个例。冷漠或诽谤都不会使送药人退缩，他们坚持初衷，相信善良和爱是可以传递的，更收获了很多感谢。

只不过，当夜深人静回到家中，躺在床上舒展疲惫的身躯时，他们也会有一丝隐隐的担忧：看到他们这样的遭遇，其他人会打消做志愿者的念头吗？如果人手不够，意味着危急关头有人将无法及时获得援助，也意味着每个志愿者的工作量会更大，面临更多风险。

社会就像一架天平，只有当帮助他人的人和被帮助的人维持平衡状态，才能和谐共处。维持天平平稳的砝码，是爱和感恩。当受助者都成为施惠者，形成互帮互助的氛围，正能量将源源不断地生成。

爱，也许不是无所不能，但在这次疫情里，爱无处不在。

环卫工人：战“疫”大后方，有我们

2月21日，酒店销售部经理程渝和往常一样，带着专业人员到客人退房后的房间进行消毒。她供职的酒店，疫情期间被用于人员集中隔离观察。

推开8618号房间，她看到了奇怪的一幕：房间整整齐齐，好像没有人住过。接连推开另外几间房，也是一尘不染。阳光温柔地透过玻璃，铺到干净的地毯上。一切整洁如新。

怎么回事？难道这批客人没有入住吗？不对，枕头的摆放并不是酒店服务的标准。莫非，房间被刻意打扫过了？可是谁会在退房前自己打扫卫生呢？

程渝想起来了，这几间房之前住的是武汉经济技术开发区的环卫工人。他们之前在协和医院西院做保洁，工作结束后必须集中隔离14天。

要记住生命中不期而遇的温暖

“我从来没有见过，退房

之前，还给你把卫生全部做好的。”说到这里，程渝有点哽咽，“一间又一间，连着9间房，都是干干净净的。”

“环卫工人干着城市最脏、最累的活，但他们的心灵却那么美好！”

01

问及原因，曾经在酒店隔离居住的环卫工人朱莲芳不好意思地说：“我们都是搞环卫工作的，平时没住过这么好的酒店，心想千万不能把房间搞得乱七八糟，给人家添了麻烦。”就连吃饭时，她都跟队员再三强调，不要弄脏房间。

疫情暴发之后，面对突然增多的收治点，医疗垃圾数量激增，武汉环卫工人紧缺成了一个大问题。

1月24日，为了做好收治新冠肺炎患者定点医院的保洁工作，武汉市要求环卫部门选派人手，支援定点医院。

1月25日凌晨，武汉市江岸区城管部门向环卫集团全体干部职工发出倡议书，组建突击队支援武汉市汉口医院。倡议书一经发出，就有100名环卫工作者踊跃报名。

经过层层筛选，最终选定15名环卫工奔赴汉口医院。从那天开始，他们正式投入抗疫战场，成了和一线医护人员并肩战斗的人，成了抗疫战场坚实的大后方。

在一线，他们和医生护士一样，都要采取严格的防护措施。由于穿脱防护服的程序复杂，加之防护服不透气，经过长时间劳作后，环卫工人通常全身湿透，待脱下防护服，一些人几乎要虚脱了。

在病区工作，清洗厕所、收拾患者的呕吐物、清理大量的医疗垃圾……他们无时无刻不在直面可怕又无形的病毒。

随着患者的增多，医疗垃圾和生活垃圾剧增，江岸区4000多名环卫工人疫情期间全员上岗。除了做常规的保洁，还负责对各种公共设施、小街巷进行防疫和消杀处理。

02

安亚菲是武汉岸八清环卫有限公司副经理，也是一名退伍军人，今年36岁。平时喜欢踢足球，身体素质很好。

1月24日，他接到公司需要人手进入定点医院做保洁工作的通知后，立即主动报名。

对于要进病房、与患者密切接触这件事，安亚菲没有感到害怕，“不怕，真不怕。因为我们在病区见到的患者，并没有外界说的那么可怕”。

作为公司负责人，他不但要做好组织工作——每天安排队员的任务，督促他们穿好防护服，脱下防护服后进行全身专业消毒，等等。他本人还要负责三楼一个病区的消杀工作。“既然来了，我就肯定要跟大家一起奋战，不能说我是副经理就搞什么特殊。”

03

“我今年52岁，做了23年环卫工人，从来没有想过有一天会面对这样的选择。”

刘先梅是个朴实而健谈的大姐。完成10天的保洁任务后，她需要在酒店进行隔离观察。面对采访的记者，大姐说了很多。

身为土生土长的武汉人，她的言语中传递着武汉人主动投身战“疫”的责任感，和对战胜病毒的信心。

“心里还是有些担心的，但是一想到全国的医护人员都来武汉了，我们本地人怎么能够临阵脱逃呢？”

每逢春节，医院的保洁员本来就少，由于此次疫情患者增多，让人实在忙不过来。“我平时虽然不算是先进分子，但也绝对不是拖后腿的人。”刘先梅说。

做了23年环卫工作，参加过很多大型活动的环卫工作，但刘先梅还是第一次经历这样的场面，免不了要出一些状况。比如：防护服里穿普通内衣，水喝多了想上厕所，但脱掉就得浪费一套。后来，护士跟她说可以穿上纸尿裤，她和工友也尽量减少喝水，以便做好病区环卫工作。

“我们穿的那个防护用品，有12道程序，每次穿完还得两个人互相检查，看有没有暴露的地方。脱也一样，每脱一层，就消一次毒。在第一个位置脱一件，消毒后，就移到下个位置，再脱，再消毒。最后，脱得只剩一套单衣，人像是从水里捞出来的，浑身都是湿的。”

平常的医院保洁，垃圾袋一收就可以运走，但疫情期间的一袋垃圾要包裹三层，并且每一层都要打一个死结。每天，保洁员要去每张病床前把患者的垃圾收走，再更换垃圾袋，袋子要系在病床的扶手上，方便患者躺着也能丢垃圾。毕竟之前从来没有在这种环境下工作过，刘先梅心里还是有些害怕的。

他们一开始住在医院的闲置病房，晚上睡觉都要戴着口罩、帽子。

在医院的日子里，刘先梅经常失眠。医护人员每4个小时换一次班，下班的医生护士要洗澡，一直有人进进出出；她还能清楚地听到医护人员用对讲机联系，如哪床的患者是什么情况，要做什么事。这些声音不绝于耳。

但她还是觉得，医护人员比她辛苦多了。她认真地说：“如果接下来医院还有需要，我还是会去的。”

04

武汉岸四清环卫有限公司质检员赵翠华也参加了这次保洁任务，她说："每天进入病房的时候不敢吃，也不能吃东西。早上不敢喝水，要到厕所解决干净了再进去。防护服本来就很有限，不能浪费。"

15名环卫工作者中，年龄最大的55岁，最小的25岁。李莹锟就是这批工作者中年龄最小的，他是武汉岸六清环卫有限公司职工。这个"95后"的小伙子2019年才退伍，刚进环卫系统负责后勤安全工作不久。

记者采访的时候调侃他说："你是后勤人员，那你可以不冲在前面的嘛。"李莹锟大笑："我没事，我年轻。"

05

深夜，武汉的气温降至4℃左右。

有研究称在低温环境下，新型冠状病毒更容易存活。虽然肉眼无法看到病毒，但人们仍然必须保证让它无处躲藏。

于是，武汉环卫部门在日常清洗道路的操作中又增加了一个环节，用雾炮车对主次干道喷洒含氯消毒剂。

黄鹏是武汉江岸环卫集团业务部负责人。在《武汉十七日》的视频中，黄鹏指着车上很多写有"次氯酸钠"标签的蓝色塑料罐，对记者说，这些浓度大于等于10%的含氯消毒液，是统一安排、集中调配的，能够对病毒起到清除的作用。

也有市民担心：雾炮车消毒对人体健康是否有害？

其实，雾炮车主要采用稀释过后的含氯消毒液，和平时在家中使用的84消毒液成分一样，是按规定调配的，而且是朝空中喷洒，和人没有直接接触，对人体健康没有危害。

06

武汉的更多环卫工人也在持续行动中。

2月6日，江汉城管72名环卫工人组成“武展方舱医院”应急突击队，负责武展方舱医院内外环境卫生工作。还派出大型水车、小型清洗车、洗扫车、压缩车等环卫作业车辆紧急增援。医院内外也设置了190个废弃口罩和废弃防护服收集桶，便于集中收运处理，并设置移动公厕100个，供隔离区患者使用。

将医疗垃圾与生活垃圾分开，对于保障末端环节的防疫安全是至关重要的。在方舱医院，人们可以看到显眼的黄色医疗垃圾箱。

在病房，患者接触的废弃物或呕吐物需要用纸包住，放入医疗垃圾箱，因为这是带有传染性的污染物，清理出来都要经过严格消毒再集中处理。

环卫工人：和前线医护人员一样我们也在和病毒近距离生死搏斗

2月15日，34岁的丁利接到社区电话，说她患有高血压的父亲突然去世。“前几天，我还给父亲打电话，电话那头老人家还好好的，怎么说走就走了呢？”丁利哭得伤心不已，一时间难以接受。

她于8天前主动请缨，参加武展方舱医院志愿服务队的保洁工作。

“没能见到父亲最后一面，我很内疚，但我不能离开岗位。”她依然在武展方舱医院从事保洁工作。她说，要战斗到疫情散去，以告慰父亲的在天之灵。

07

疫情发生以来，武汉街头的行人寥寥无几，但一直有身穿工作服的环卫工人的身影。

他们是城市的美容师，他们守护着人们最爱的家园，打造了抗击病毒的壁垒。

这群平凡的人，用自己有力而温暖的双手，洗涤和安慰这座受伤的城市，帮助她抚平伤痛，早日恢复美丽、洁净。

环卫工人，是值得尊敬的人，一直都是。

那些消失在疫情中的普通人

新冠肺炎疫情扑面而来，情况错综复杂。

有人感染，有人奔忙，有人治愈，有人离世……

铺天盖地的消息里，我们最不敢看，却又最该铭记的，正是那些为防控疫情而离世的，普通人的故事。

他，一个普通的志愿者

2月3日下午，何辉去世了，因为新冠病毒的感染。

他是武汉的一名志愿者，54岁。何辉是个热心人，关心社会，也乐于助人，“不管什么人找他帮忙，他都会不顾自己的情况而去帮别人”。

他的家人在接受澎湃新闻采访时说，大家族有40多人，而他是整个家族的主心骨。除夕的前几天，武汉征集志愿者司机。何辉得到消息，立刻决定加入，“我有一分力量就要出一分力量”。

忙活了一个多星期，大年初五，他开始有点不舒服，咳嗽、发烧。“我可能感染了。”他告诉家人。他在家里的一个房间把自己隔离起来，家人每餐做好了饭，给他送进去。

一边隔离，家人一边给他找医院，但当时各家医院排队就诊的人都很多，最后他们终于拍了胸片，显示双肺发白。家人每天送他去发热门诊打针，也给他买了白蛋白，希望增强他的抵抗力。打完针，他烧退了，也不咳了，但呼吸变得困难，不停地喘气，走路也没劲。

很快，他确诊了，双阳。他住进了医院，躺在发热门诊的留观床上，插个氧气管，自己吸氧。那时，他还有很强的自我意识，要跟病毒做抗争，意识很清晰，坚持自己去厕所。只是，病情越来越重。

2月2日，医院安排何辉转院。家人送他上了救护车。谁都不知道，那是他们此生的最后一面了。

何辉跟家人挥手，嘱咐他们自己在家隔离几天。那时，他看上去很冷静，也很坚强。转院后，他还发消息告诉家人，他在哪个地方、多少号，说手机马上就会被收进去。

之后，他的手机拨不通了。家人再也没有和他见过面、说过话。2月3日下午3点，医生告诉家人，何辉的血氧饱和度只有20%。

一小时后，家人被告知，何辉，去世了。

本次疫情，去世的新冠病毒感染者中，何辉只是很普通的一个。但他又非常不普通，因为他是志愿者。

如果老老实实待在家里，也许他现在还能活得好好的。可是，如果所有人都选择待在家里，谁接送医护人员上下班？谁送患者去医院？谁来保证基本的

街上的人很少
心里的人很多

城市需求？

总得有人站出来，说：让我来！而那些勇敢站出来又做出了牺牲的人，不该被我们忘记。

昨天，他们为我们竭尽全力。今天，我们就该为他们说一句：请铭记这样的英雄。

他，一个普通的乡镇医生

同样在2月3日，还有一个逝者的消息，令人难过。

宋英杰，28岁，阳光帅气的“90后”小伙，湖南一个乡镇卫生院的医生。

疫情来势汹汹，大年初一，他紧急上岗值班，在高速路口检测来往人员的体温，并独自负责卫生院医疗物资的分发。他连续十天九夜，在防控一线辛苦工作。

冬天的深夜，风雨交加，气温0℃以下，他一直在高速路口值守。

2月3日零点，他值班结束后，找同事拿了3盒方便面，回到宿舍休息。

第二天中午，同事喊他吃饭，他没回应。大家以为他太累睡沉了。可是傍晚再去喊他，还是没动静。大家觉得情况不妙，踹开门进去，发现，他已经走了。

因为过度劳累引发心源性猝死，宋英杰不幸离世。

我实在不愿意说，他是英雄。他原本更应该只是一个阳光大男孩，是妈妈的好儿子，同事的好搭档，朋友的好伙伴。

他爱唱歌。每次同事一起聚会唱歌，有他在，气氛就很热闹。他会花几千元买机票，去四川参加大学宿舍哥们的婚礼。他每天都跟远嫁湖北的姐姐视频，还想着等疫情结束后去湖北看看姐姐和小外甥……

他本该有大好年华和锦绣前程。可是，突如其来的疫情，摧毁了所有的美好。

英杰，很遗憾以这样的方式认识你，谢谢你的付出，谢谢你来过。愿天堂安好，你不慌不忙不疲惫。

我们记住你了。

他，一个普通的警察

他叫程建阳，45岁，是一名警察。

他来自农村，从小就想当警察。20岁那年，他如愿考入警校，毕业后穿上警服，成了一名基层民警。他立过很多功，获得过很多次嘉奖。如果不是这次疫情，他可能还会破更多案。

疫情骤然改变了他的生命轨迹。

灾难来临后，他一直奋战在一线。从大年三十去单位工作，直到去世，他只在大年初一早上，和家人一起吃了顿饺子。

大年初四深夜，他因疲劳过度，突发脑出血，被紧急送到医院抢救。初六下午，宣布抢救无效。程建阳走了。

妻子没了丈夫，两个孩子没了父亲。妻子抱着他的遗体痛哭，说“你就是太累了”。3岁半的儿子，还不太明白发生了什么，一遍遍地轻声说着：爸爸再见，爸爸再见，爸爸，再见……

门口的春联才刚刚贴好，那边却不得不挂起挽联。

很多人不知道，在这场没有硝烟的战“疫”中，全国有60名公安民警和35名辅警牺牲在战“疫”和维稳一线。[1]

[1] 据澎湃新闻2020年4月4日发布的消息。

但我们看到了，一张张黑白照片，一个个陌生名字，一段段曾经热腾腾的人生。我们须臾不敢忘记。

可哪怕几天前，他们还都是生龙活虎的啊！他们走了，消逝在落英缤纷里，他们身后的老人妻儿，又该如何迎来明天？

他，一个普通的小卖部老板

他叫林红军，大家都管他叫林军，是武汉市中心医院门口的小卖部老板。

每个武汉市中心医院的老职工，基本都认识他。2月11日夜里9点多，武汉市中心医院蔡主任发微博悼念：“林君走了”。

那个圆圆的、黑黑的、一团和气脸的中年男人，让医护人员记忆犹新。十几年来，他一直跟医院关系密切。

以前，医生们要给同事送东西，就给他打电话：“林军啊，你给麻醉科、手术室，各送一箱水！再给××科室护士站、医生办公室送一箱，下班我去结账！”

后来，有了快递，医生来不及去拿，就叫林军先接着。他总是憨厚地笑笑，从没有怨言。手机支付还未普及的时候，身上忘了带钱，医生护士也可以直接去他的小卖部拿东西，以后再给。

他感染新冠肺炎的时候，一床难求，无法收治。病情发展得太快，没过两天，人就走了。

在疾病和死亡面前，每个人是如此渺小且无能为力，像一粒灰尘。时代抖动了一下，他们就黯然陨落。

刚开始，大家都觉得林军还年轻，不会有事的。谁知……熬得过是幸运，熬不过是命运。

在城市生活，我们身边有许多常见面的人，虽然算不上深交，却对我们投以善意和友好。他们构成我们生活中的风景。

你习惯了他们每天都在，直到有一天，突然消失了，你才觉得“生活被迫改变了”，心里的一块地方变得空荡荡的。

他们的一点一滴，已经缝进了你的生命。

他，一个71岁的老人

2月6日上午，噩耗传来：武汉长江救援队创始人俞关荣因感染新冠肺炎病毒不幸离世。

1月11日，俞关荣晚上回家后开始流鼻涕，吃了一些感冒药。随后几天不断发高烧、去医院打针。

1月26日，他去医院拍CT，医生说俞关荣“双肺感染很严重”。29日，他终于住进武汉市第六医院。

妻子王天蓉稍稍放下心，跑了三条街给老伴买吃的。没想到，这竟是最后一面。

这个71岁的老人，曾和队友一起救下很多人。

长江干流和汉江交汇处，水流湍急，每年武汉三镇都会发生溺亡事故。俞关荣倡议：组建一支专业救援队伍，相互传授救人经验。2010年，武汉长江救援队成立。他将个人救助深化为组织化行为。

2010年以前，武汉市平均每年发生100多起溺亡事故。2010—2013年，这个数字下降到每年60起左右。2014年，溺亡事故减少到20多起。

2月4日，俞关荣打电话给妻子交代遗愿，声音很虚弱，叫老伴好好保重，对他不要采取切气管的抢救措施，骨灰洒在龙王庙外的江里。生前，他常常在那游泳，也在那里救下很多生命。

身体一向硬朗的俞关荣，没有一根白发，还能跑马拉松，横渡长江；他不打麻将、不喝酒，喜欢唱歌、唱戏，如京剧、越剧、黄梅戏，张口就能来，还会跳舞，拉手风琴、二胡。如无意外，他会很长寿。但天有不测风云。

他的微博名为“大磉”，寓意中流砥柱，坚固、四平八稳。

俞关荣走了，可武汉长江救援队还在。这已成为他精神的延续，就像诗人臧克家说的：有些人死了，他还活着。

他，一个武汉诊所医生

和街坊邻居打了近30年交道、总能让人感到安心的廖庆绪医生，因感染新冠肺炎病毒去世了。

大家都不敢相信：“廖医生走了？！”

疫情刚开始有点苗头的时候，妻子劝廖庆绪暂时关闭诊所。冬天流感季，诊所的患者还很多，廖庆绪说：“不能关门。我是医生，难道要把患者往外赶吗？”

1月23日凌晨，武汉发布“封城”通告。廖庆绪还是坚持营业了半天，为所有患者做完治疗。也正是在这一天，他突然感到身体不适。

2月3日，廖庆绪的情况急转直下，医院下达了病危通知书。就在这时，他终于等到了一个床位。接下来的几天，廖庆绪的病情不断反复，时好时坏。到了2月10日，廖庆绪已经无法讲出一句完整的话。

2月11日6点25分，医生对家属说："节哀吧，我们已经尽力了。"

廖庆绪今年66岁，一半的人生都在他的小诊所里度过，守护着十里铺百姓的安康。

他待病患真诚，不收高价，对老弱病残格外上心。一些小诊所会因为老年人的基础疾病多、治疗风险高又舍不得花钱看病而将其拒之门外。廖庆绪从不推诿，能治则治。有时，他还会到年纪大的患者家里去给他们看病。

诊所开了近30年，除了春节这几天，他每天的工作时间都是从早上8点到晚上9点；半夜三更接到急诊电话，也会立刻爬起来出诊。

"他是个好医生。"提及廖庆绪，街坊四邻都说。

他这一辈子曾经救过很多人，最后却没能挽救自己。

他在外是个好医生，在家也是个好男人，几十年来，妻子一直被他捧在手心里当成宝，即使到生命的最后时刻，他重点想要保护的也是妻子。

几十年如一日的相守，平淡如水的真切，不是人人都有这份耐心。正因为弥足珍贵，才更令人心如刀绞。

命运无常。一生中，我们会遇到很多爱我们、在意我们的人，请好好珍惜彼此，不要留下遗憾。

春天来了，可有些人，永远留在了冬天

疫情终会过去；他们，却再也回不来了。

有个奋战在一线的医生，几个同事相继感染了，记者问她："怕不怕自己也被感染？"她说："说不害怕是假的，但作为医生，这种时候，哪有资格说害怕？患者就躺在那里，我们不上谁上？！"

这句话，让人百感交集。

都是凡夫俗子，都是血肉之躯，都有一家老小，谁又不恐惧死亡呢？谁又不知道生命仅有一次的可贵呢？可是，当战斗的号角吹响，这些平凡的人，以炽热的使命感战胜了本能的恐惧。他们冲了上去，他们扼住了命运的喉咙！

替我们负重前行的人，成全我们的岁月静好。他们中的一部分，却倒在了战场上。

尽管我太清楚，一声“谢谢”，不管多么诚挚，都显得太过轻薄，都无法挽回他们逝去的生命。我们也应该向他们致以最崇高的敬意。

愿你们一路走好。

愿你们在天上，永远闪亮。

疫情中社区的人和事

新冠肺炎疫情的防控，是一条环环相扣的链条。只有每个环节都牢牢把握好，才能将病毒挡在外面。

如果说医护人员是在主战场搏斗，那么，社区基层防控人员就是战斗在社会层面的每一处。

他们负责落实国家的“不出门”政策，但又要解决居民因为不能出门产生的种种不便。

他们要找出疫情当中的“漏网之鱼”，确保居民安全：让确诊患者无条件得到集中收治，对疑似患者实行集中隔离治疗，让发热患者和密切接触者集中隔离观察，还要安抚大家的情绪。

武汉社区防线作为疫情防控中范围最大、最关键的防线，承担了疫情下极其烦琐、细致的工作。这些防线上的工作者，应该留下重重的一笔。

01

他叫博文，“95后”，是武汉一家社区医院的医生。他是主动请缨参加这次工作的。

社区医院需要对社区内的患者做初步筛查，还要为疑似患者和密切接触者做核酸采样。“让对方张嘴，用棉棒涂擦他的咽喉，将棉棒头折断，放进试剂管密封，写上他的名字。”这就是博文的日常工作。

常常会有患者的唾沫飞溅出来。而飞沫，也是新冠肺炎病毒的主要传播途径。这是个高风险的工作。

但博文很淡定，他说：“我年轻，体质好，不怕。”最多的一天，他做了182份核酸采样，站了6个小时。

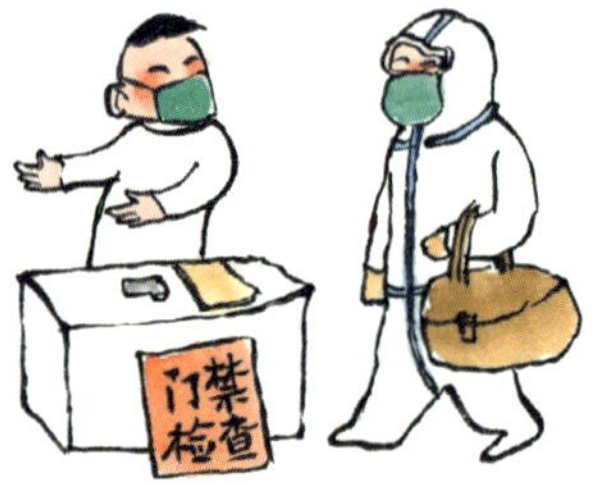

感受被同样感受
就是最好的治疗

他的两名同事，都是20出头，也是主动请缨上战场的。即便累到眩晕、呕吐，他们也没有抱怨，只是说，开始有点不习惯，现在还好，可以坚持下去。

当不少人嘲讽“90后”娇生惯养，是“垮掉的一代”时，甚至有很多“95后”早已经站在一线，默默保卫着大家。

他们好像，一夜间长大了。

02

疫情期间，武汉社区实行全封闭管理。大小商店和超市一律不准零售。于是，代购和团购的压力落在社区管理人员肩上。比如：武汉多闻社区的23名社区工作人员，要负责近2000户居民的粮油蔬菜和其他生活基本物资的采买。

人手不够，多闻社区的田主任想了一个办法：他开了一个小超市，以便足量批发常用物资回来，再按原价卖给居民。这些物资往往刚运回来便销售一空，他就派人赶紧再去购买。

疫情期间，物资紧张，人手更加紧缺，是不能与平时的生活节奏相比较的。志愿者有时已经把超市搬空了，但一些居民需要的物品还是没能买到。

这就难免有些埋怨的声音：

“你们都不把群众需求当回事。”

“我们都在为你们隔离的，我直到今天才下楼。你们用一个星期备货，都没准备好，你们看，连蔬菜都没有，什么东西都没有。”

其实，哪有谁为了谁而隔离？隔离，不仅是为了别人，更是为了我们自己。

看到居民生气、失望，田主任很难过。但背后的苦衷他却无法说出，只好安抚居民：“我们尽力保障，好不好？”

当然，更多的居民表示理解：“真的非常感谢你们，春节前到现在都在为我们工作，委屈你们了。”

一句感谢，他眼泪就掉了下来。

冒着危险为大家采购、周转、服务，无论多苦多累，只要居民们理解，一切都值得。

03

准新娘赵林静，是一名社区志愿者。她本来是要在正月初八披上婚纱的。

湖北各地“封城”，婚礼取消。生活还要继续。

她很快换了个想法，决定把个人的幸福，变成大家的幸福。

她去问社区需不需要志愿者，她说：“我是小学体育老师，我的身体素质好！”

有学生给她发信息：“赵老师，你不怕吗？”

她回复说：“我当然怕，但很多事情如果因为害怕就不去做，你害怕我也害怕，那谁去做？”

老师是孩子的榜样和精神向导，如果被需要时不站出来，那又怎能期待孩子成为一个有勇气的人？

她决定等到疫情结束之后，跟孩子们分享自己“怕和不怕”的心得。疫情是很好的课堂，只有大爱才能让人看到身边温情的存在。

也有人问她：“你妈会同意吗？”

她说：“妈妈一定会同意的，我当年加入中国共产党的‘领路人’就是我的妈妈。这个时候，就该党员上一线！”

这就是教育的力量吧。爱是可以一代传到另一代的，需要有爱的母亲、有爱的老师，才会有心中充满爱的孩子和学生，这样的火炬，我们要稳稳举起，永续传递。

04

在洪珞社区，有一个工作人员确诊，三人发热，全部工作人员都要隔离观察。居委会大门紧闭，居民们恐慌的情绪蔓延开来。

紧要关头，街道党政办的黄恒主动请缨，走到防疫的第一线。

这并不是个轻松活，非常时期，工作强度和难度超乎想象。但总要有人挺身而出。

两部手机，一台座机，他不停轮换，每天要接打300个电话。

其实，每家每户都有自己的困难，而汇聚到能解决困难的关键少数的人身上，就更是艰难繁杂。他说，再怎么焦急，也只能一个困难一个困难地来解决。

他忙得没有时间照顾家人，虽然离家只有一站路，但一连10天见不到自己两岁多的孩子却是常事。

他患有腰椎间盘突出，一跑动就钻心地疼，常常只能蹲着安排工作，平躺在地上打电话。后来终于抽空去了趟医院，医生说，脊柱压迫神经，心脏供氧不足，需要静养。

那怎么办？社区的工作一天都不能耽搁。他发愁了。

大部分人生病是在担心自己，而有些人即便病了却仍在担心别人。

幸好，已经有更多的工作人员站出来了，他欣慰之余，还说要“退居二线”，继续工作，愿意从“指挥者”变成一个兵，配合大家的工作。

时光不紧不慢
我们却兵荒马乱

05

这次疫情中，江汉区西桥社区是重点防护区。这是一个有着1.6万多人口的混合型社区，而且以老年人居多。

年已六旬的社区书记董守芝没睡过一个安稳觉，她恨不得让自己变成孙悟空，拔一根汗毛就能变出多个分身，能去做更多事情。

居民的事对她而言都是大事，买菜、买药、看病、安抚情绪……有低保户居民存折取不出钱，她自掏腰包给了对方300元。

一开始，最大的问题是病患一床难求，她和同事紧紧盯着各个病床协调群，看到哪家医院一有空床位就立刻抢名额；为了登记新冠肺炎相关情况，他们通过微信、电话排查，还挨家挨户上门排查。

“我年纪大了，又有高血压，儿子儿媳不想让我太操劳。”董守芝希望疫情赶紧过去，然后“找个有山的地方，大睡三天三夜”。

“从1993年开始，我就在这个社区工作，对每家每户、一草一木都很有感情。”她把社区当成自己的家园一样守护着。

06

铭新社区的疫情防控工作做得好，这个社区的书记却是“90后”。他叫叶德添，但大家并不叫他“叶书记”，而是称“小叶”。他更喜欢这个称谓，觉得居民把他当自家人。

武汉“封城”以来，他和同事24小时轮流值守，晚上就在办公室凑合着睡。社区内60%的区域没有物业，防控难度大，于是他召集社区保安和志愿者挨家挨户排查。

有一个70多岁的老人确诊，亲人都不在身边。小叶冒着被感染的风险来来回回背了他三四次。

为了能让居民们吃到新鲜的肉菜，这个在家从来不沾柴米油盐的“小白”，转眼间变成了买菜高手。居民们称赞：“他每次买的东西都很好，这个小伙子粗中有细。”

小叶一度因为太劳累而病倒，幸亏只是普通感冒，他就一边输液一边上班。虽然工资不高，但他开心地说：“我是居民选出来的，大家信任我才选我，不能临阵脱逃。”

对于社区防控的成绩，他没有丝毫骄傲，反而实诚地对大家说：“面对这么大的社区，单靠我们社区工作人员，就算拼了命，防控工作也未必能做得有多好。还多亏了志愿者、热心人士的帮忙。”

领导者，其实并非“姜还是老的辣”，或者出身有多好，最重要的是有一颗为他人着想的心。

07

科技苑小区不大，只有228户人家。很多人本来只是点头之交，这次疫情，却让邻里关系密切了不少。

名叫元春的退休阿姨记录了小区里的故事。我摘录她的文章《远亲不如近邻》中的一些片段。

大家一起团购了一次鱼之后，一个年轻人在微信群留言：“刚刚第一次杀鱼，惊心动魄，杀完了，怎么没有看到胆？”

群里马上有人回复：“鳜鱼的胆是包在肝脏里的，不容易破。”

还有人接话：“我也是第一次杀鱼，不过我杀的是死了的那条，活着的还不敢碰，得等它死了再杀。”

一个有经验的大叔发话：“不用杀，用四根筷子从鱼嘴里交叉捅进鱼肚，绞几下把鱼肠拉出来就可以了。”

做鱼需要小葱，一个业主感叹：“好想小葱啊！”

另一个业主应答：“我家里种了小葱，我送你一些吧！”

这样的故事每天都在上演。疫情把人困在家里，却涌出无数中国好邻居。他们还成立了志愿者队伍，互帮互助。

武汉人不是异类
只是运气有点背的我们

有网友留言："武汉人的坚韧、顽强、乐观主义精神一定能战胜疫情。"

远亲不如近邻，当亲人朋友不在身边，可能陪伴你的只有邻居。所以，日常见面不要再当低头族啦，记得向邻居微笑问好！

08

社区防控，人人有责。社区工作人员千辛万苦地坚守基层一线，应该被理解和尊重。

作为政府职能末梢的社区，一般每个社区只有少量工作人员，需要服务众多居民。在疫情面前，他们面临着更多问题和空前的压力：物资紧张、病床紧张、居民的需求得不到满足……真的很难做到十全十美。即便如此，他们也都做到了尽职尽责。

他们并非不害怕，只不过是为了让更多人不那么害怕，他们选择把害怕藏在心里，把勇敢传递给别人。

战"疫"胜利，军功章上有他们的名字。

英雄之城，等你再创辉煌

2020年3月5日，惊蛰。万物出乎震，震为雷，故曰“惊蛰”。各地有序复工，彼时的武汉，依旧在蛰伏。

自“封城”以来，武汉人的朋友圈越来越安静了。笼罩在口罩、防护服、病床的白色阴影下，武汉人的天空，更多地被阳台、窗户的网状栅栏割裂，那是枷锁，也是绳索。重创之下，武汉的缄默，是休养，是深思，也是沉淀。

有阴影的地方，必定有光。

涓涓善流在涌动，我们分明听到了城市醒来的声音。

01

小时候的民主路冇得那多人
外地人为了看大桥才来到汉阳门
汉阳门的轮渡可以坐船过汉口
汉阳门的花园
属于我们这些住家的人

等一朵花开
需要很多的耐心和微笑

冬天腊梅花
夏天石榴花
晴天都是人
雨天都是伢
…………
冬天腊梅花
夏天石榴花
过路的看风景
住家的卖清茶

2020年春天，当再度听到这首《汉阳门花园》时，武汉人无不泪眼婆娑。这是土生土长的武汉音乐人冯翔两年前的作品，这首用武汉方言演唱的歌曲，再一次把人们带回武汉安宁、美好的时光里。

“病毒围城，我用音乐治疗悲伤。”冯翔是金银潭医院院长张定宇的大学同学，曾经是精神科医生。疫情暴发后，他为自己不能发挥所学、站在医疗前线拯救患者而深深自责、内疚。他问自己：还能做些什么呢？

他想起了音乐。美好的音乐可以令人精神愉快，感觉舒适。“民谣都是在讲故事，和口语的关联更强，它能让你听到一个‘人’在跟你倾诉。”

冯翔偶然看到一个视频：夜晚，在四下无人的街上，一个老大爷在拉手风琴。老大爷戴着口罩，独自拉奏了一首《莫斯科郊外的晚上》。冯翔一下子激动起来，他觉得，这就是生命的力量！“你会觉得生活、生命其实一直是有希望的，那种美好的东西在人心底一直都存在。”

受老大爷行为的鼓舞，冯翔开始做网络直播，为大家唱歌。他希望这些歌声能让人获取内心片刻的宁静。

很多人曾给《汉阳门花园》留言，说这首歌让他们看到了曾经生活过的武汉。“此时此刻，我们无比眷恋那种平安、健康的日子，即使它是琐碎、平淡的，交通是拥挤、嘈杂的。我们觉得武汉还会回到那个样子，这是我们的希望。”

越是艰难的日子，越要满怀希望。

02

每晚7点，武汉长江二桥准时点亮“武汉加油”“中国加油”“致敬抗疫英雄”字样的灯光。

宁静的夜晚，闪烁着希望。

“武汉‘封城’，但每一条隔离的街道、每一个封闭的小区都有无数双眼睛在凝望着点亮的武汉。”

“守灯人”是一个“90后”的小伙子，他叫温瑞，负责武汉长江二桥亮化维保工作，独自在长江二桥下的板房守护灯光。1月20日起，同事们陆续离开武汉回家过年，只留下温瑞一人坚守阵地，“他们都是有老婆孩子的人，我还没有女朋友呢，留下来值班是应该的”。

三天后，武汉“封城”。

每晚灯光亮起，温瑞每隔半小时就要拍一次照片，汇报情况。一个雨夜，温度骤降，温瑞裹紧大衣走出板房，不禁打了个寒战。由于下雨，有些灯短路、跳闸、接触不良，温瑞要翻过护栏进行维修，但护栏外可站立的地方宽度不足一米，身侧就是滚滚长江。

“平常碰上这种疑难杂症，我们会记录下来，等白天再上桥检修，特殊时期，一刻也不能耽搁。”处理完毕，已是夜里11点多，温瑞在工作群里简单回复：“恢复正常”。

温瑞是山西人，距离他上次回家已经一年了。除夕夜，他在仅有几平方米的板房里煮了碗面，做了平时最爱吃的卤，“山西人吃到面就是回家了”。

他经常看到长江二桥上空有无人机飞过，有些骄傲："我知道这是媒体在直播，我守护着的灯光，正向全国人民传递着武汉的坚强和信心。"

他希望早日看到车水马龙的长江二桥。

03

"封城"之后，武汉一个轻饮咖啡团队做了一件很酷的事情——为医护人员免费送咖啡。

7个人，两班倒，每天出品500杯咖啡。

不计成本，坚持到疫情结束的最后一天。

这是一群咖啡人的坚持，也是一群普通人的侠义。

老板田亚珍是个"90后"姑娘。"封城"第二天，她看到两个中医院的医护人员来买咖啡，意识到医护人员工作量大、压力大，需要咖啡提神。她做了一个决定：免费给医护人员送咖啡。

她在工作群发了一条消息，询问是否有小伙伴愿意回店制作和配送咖啡。

没想到，在这种特殊时期，7名武汉本地咖啡师全部参加。正在成都旅游的咖啡师也终止了计划，辗转回到武汉。

一天500杯咖啡，分上午和下午两批完成。咖啡师都是"细节狂魔"，非常时期，即便免费，即便要追求效率，出品也绝不马虎。并且，每一个咖啡杯上都有他们手写的祝福语："医生最帅""护士最美""感恩有你""武汉加油"……

他们还要保证这些咖啡送到医护人员手上时还是温热的。

有一天，他们收到一条留言："我是湖北省中医院的一名医务工作者，感谢你们店的物资支持。等武汉战胜疫情，一定去店里点上一杯咖啡，并表示感谢。”

那一刻，所有人都觉得：值了，事情做对了。

咖啡店的招牌原是“中国拿铁”，后来，他们改为“武汉拿铁”，“用来纪念这些日子”。

各大平台和投资人，咖啡豆、牛奶供应商、咖啡馆同行……大家准备了各种各样的资源、物资或现金，想要为他们的善举助力。

但这些都被拒绝了。

后来，网友通过app买单，为咖啡店捐赠。“心跳加速，背后像是涌来一股热气，在你身后站了几十万人似的。”田亚珍说。

关于善款的使用，田亚珍发出公告：

“我们每天会把收到的善款在微信进行公示，直至疫情结束后，除购买公益咖啡的原物料成本外，所有剩余善款，会交给可靠的基金会，成立武汉市医护人员专享的武汉拿铁基金，全部捐赠给奋战在一线的医护人员，并附上所有留有捐款名字的网友名单。”

村上春树说：“有时，所谓人生，不过是一杯咖啡所萦绕的温暖。”

04

钟南山院士说，武汉是一座英雄之城。

在荆楚大地居住了十年的李白诗云：“我本楚狂人，凤歌笑孔丘。”

湖北是楚文化的发源地和核心区域。楚国地接古中原，历来是兵家必争之地。一方水土养一方人，这片土地英雄辈出，他们有着豪爽、强悍而又富有韧性的气质。

武汉人常说：“不服周，就是不服周！”“不服周”就是“不服输”的意思。其实，“楚人不服周”这句话有着2000多年的历史。

武汉一定赢

楚国800年的根基从荆山开始，“筚路蓝缕，以启山林”。最初他们或许只是一个小小的部落，披着兽皮，缝制简陋的衣物，在荆山一带繁衍生息。

历经几百年奋斗之后，楚国在周代八百诸侯国中崭露头角。

打开历史的画卷，英雄们印刻着楚文化的精神气质：执着、担当，敢为天下先。

卞和三献玉璧，刖足而不改初衷。这位楚国的贤人，在荆山发现天下最好的一块玉璧，决定献给楚王。楚厉王和楚武王不但辨玉为石，并刖其双足，卞和抱着玉璧在山下哭了三天三夜，眼泪流尽而逝。后楚文王令人剖开玉璧，果得宝玉，于是命名为“和氏璧”。

屈原不忍见深爱的母国覆亡，义愤地投江而死，展现了“宁为玉碎，不为瓦全”的士大夫精神。

还有鸿鹄之志的陈胜，被赞“生当作人杰，死亦为鬼雄”的西楚霸王项羽，发动武昌起义、打响辛亥革命第一枪的革命党人，等等。楚人的执着和坚韧，薪火相传，在武汉人的血液里生生不息。

屈原说："路漫漫其修远兮，吾将上下而求索。"

厚重的悲怆，需要休养；能量，也在积攒。

武汉，英雄之城，

我们等你重整旗鼓，再创辉煌！

人间温情

湖北不怕，我们一直都在

岁末年初，武汉有难，全国各地都很关心，又是送人又是送吃的。

湖北省的其他地区，孝感、仙桃、宜昌等也陆续开始有了“症状”，祖国母亲着急了，召唤各省份支援湖北，一省包一市！

一时间，江苏、山东、河南、湖南、河北、安徽、重庆、浙江、广东、江西、陕西、四川、上海、贵州、天津、北京……披挂上阵，飞驰湖北。

湖北的这些兄弟姐妹，虽说各具性格，但个个都很热心、仗义。

咱们挑几个来讲讲。

够“辣劲”的四川

四川这个娃，平时看起来生活悠闲散漫，但是遇上兄弟姐妹有难，就火急火燎的，把四川火锅那股“辣劲”都激发了出来。

首先是迅速集合138人的医疗队驰援武汉。

听说湖北物资不够，四川的一家医药公司春节期间加班加点生产口罩，装了满满40箱，共计10万片，连夜发往湖北。

四川志愿者：
我上山挖的折耳根
你们武汉的哭着也要给我吃完

大型建筑集团也在海外采购了医用防护口罩、N95口罩、护目镜、医用防护服等10万余件物资，火速发往武汉。

四川省交通运输部门同样给力：1万瓶84消毒液、50桶共1000公斤次氯酸钠消毒剂、一批口罩、300件水果蔬菜，速发武汉！

听说雷神山医院缺电缆，凌晨1点30分，四川一家电缆制造公司的18名员工冲上生产线，40个小时内生产出5个型号共1.3万米长的电缆，送去雷神山医院。

这阵势，比四川火锅还生猛！

其实，此前的2月3日0：05，四川成都发生5.1级地震。

各省纷纷向四川投去心疼的目光：太难了！

然而四川却“天性乐观”，自顾自地编起了段子：

“不要中了病毒的调虎离山之计。”

“别慌，地震只是测试一下成都人民的防疫态度端不端正。”

“有没有N95帐篷，给我一个！”

…………

乐呵归乐呵，其实四川这些年的辛苦，大家有目共睹。

泥石流、地震、洪水……2018年，专家考察发现，四川地质灾害隐患达42226处。

苦难中成长起来的孩子，特别能理解别人的苦难。

“我觉得我应该去，因为我和其他护士不一样，我是汶川人呀！”24

岁的佘沙坚毅而明亮的声音，让人想起12年前那场天灾。

2008年，汶川大地震，5秒时间内数万同胞落难。

大家给四川的爱，他们都记得，并涌泉相报。

那一年，佘沙就读小学五年级，在废墟中看见了驰援的医疗队队员，觉得他们“很神圣，以后能成为其中的一员就好了”。

无数的佘沙在战“疫”行动中，怀着爱和感激，完成从受援者到支援者的角色转换。

他们知道，祖国母亲一直都在，兄弟姐妹一直都在；四川有恙，兄弟姐妹会来，兄弟姐妹有难，四川势必挺身而出。

“低调”的广东

广东的街头，经常能听到“靓仔”“靓女”的称呼。

难道岭南大地盛产帅哥美女？待我去瞧瞧。

广东不好意思地笑了笑：低调点。

“靓仔”其实是当地人对年轻男性的俗称，但广东人的低调倒是真的。

在这次支援湖北的行动中，广东二话不说，出钱出力。

在广州工作的国宝级专家钟南山院士第一时间奔赴武汉，道破人传人的真相。

火神山医院、雷神山医院总设计师是祖籍广东的黄锡璆。非典时期的小汤山医院也出自黄老之手。

广东还把自家“秘方”——省中医院专家和中医药搬了过去。在抗击新冠肺炎疫情中，中医药诊疗的救治效果明显，有力阻止了患者病情向重症转化。

广东的民营企业，积极筹款捐物，截至2月8日，捐资就超过了17亿元。

这就是广东人，像一盅温热的老火汤，温厚、包容、务实和暖心。

山东“大搬家”

说起山东，很多人会想起孔子。这次，山东大哥把孔子的仁爱精神发挥得淋漓尽致，被称为“搬家式支援”。

湖北的菜不够吃了，农业大省山东说：我们有的是蔬菜瓜果，搬去吧！搬去吧！

1月28日，“中国蔬菜之乡”山东寿光捐赠350多吨蔬菜。

1月29日，山东兰陵捐赠10货车价值180万元的大蒜。

随后，山东济宁又捐了300吨大蒜和120吨大米，“中国马铃薯之乡”滕州运去66吨土豆，“食用菌十大生产基地”邹城送去100吨蘑菇，青岛的150吨蔬菜，菏泽的90吨山药和大蒜、60吨鸡蛋、35吨大白菜，临沂的20吨水饺、汤圆……

听说缺医疗物资，淄博的制药企业捐赠一批价值500万元的药品；临沂药企捐赠价值1400万元的药品；威海捐赠价值800万元的医用品……

1月30日凌晨，山东航空出动两架飞机，给湖北紧急送去一批医用口罩和10510套防护服。

听说火神山、雷神山医院急缺钢板，山东一家企业3天内生产1500吨钢板，火速驰援。

一个近年来效益不太好的家电集团负责人说“我也要捐”，于是50台具有杀菌消毒功能的洗衣机运抵武汉。

还有，山东济南农民自购10吨白菜无偿配送到湖北；山东种植户侯玉容捐出1万公斤绿色有机芹菜；环卫大爷在派出所放下1.2万元善款就跑了，被找到后还不承认。

有个来自西安的女孩在山东生活了8年，男朋友也是山东人，她对山东人的印象是：仗义，仗义到有点傻。

这就是山东人，这就是他们特有的厚道、朴实和重情重义。

“散装江苏”的底气

一段时间以来，我看到的有关江苏支援湖北的新闻，都是这样的：

“2月9日，鼓楼医院56名医护人员即将前往武汉！”

“刚刚，启东市首批支援湖北孝感医疗队出发。”

“如东6人医疗队光荣出征。”

…………

这些地方都是哪儿？

“来了来了！15支驰援湖北的队伍！其中1支来自广东，1支来自山东，还有13支来自江苏！”

一时间，“散装江苏”“十三太保”上了网络热搜，一些网络段子横空出世：

“市开头的，基本是江苏的；县开头的，基本也是江苏的；镇开头的，可能也是江苏的。看到村开头的，肯定是江苏的。如果看到是江苏开头的话，肯定是从南京来的。”

“13个独立团，22个独立营，19个县大队，55个独立大队，还有众多游击队，没有助攻，全是主攻！”

眼花缭乱，让人傻傻分不清楚。

历史上，江苏历经多次人口迁徙和融合，省内文化风俗多样、方言众多，让江苏人民对各自的地域认同感比较强。

而作为经济强省，江苏各区域发展比较均衡，在地区生产总值百强市中，13个地级市全部榜上有名。这便使得“散装江苏”的市、县，乃至镇、村，都有支援湖北的底气。

个人援助也有故事：钱七虎院士捐助巨款，空投物资的神秘老板，10岁女孩把小黄鸭储蓄罐的钱都拿出来捐了……十几天内相继建成的火神山医院和雷神山医院，也离不开40多家江苏企业的鼎力相助。

仗义的东北老乡

说起被“地域黑”，东北逃不掉。

疫情一开始，有人说是东北人吃了野生动物，这次东北老铁“是可忍孰不可忍”地回击：“野生动物不吃我们就不错了，东北虎、熊瞎子，谁敢吃？”

憨厚的“共和国长子”，或许没有一些南方省份的财大气粗，但也想着把自己的口袋掏空，都捐给湖北。

人口占全国十四分之一的东北三省，派出的医护人员占了全国的五分之一，在火神山医院和雷神山医院，有一大半医护人员都来自东北。

东北的企业捐资捐物大都以千万元计，有的甚至达上亿元，这其中的一些企业，近年的经营状况并不是很理想。

早在2月7日，黑龙江为了筹措N95口罩，居然想出“换口罩”的主意，向全省人民发出倡议：交上来一片N95，给你发5片普通医用口罩。后来，黑龙江干脆“自造口罩”，每天都有5万片口罩送到防控疫情最需要的地方。

东北人大气、仗义，“整个东北都是老乡”。

东北，从来没赢过一次网络暴力，但也从来没输过民族大义。

全体都有，齐步走！

一省包一市，全国支援湖北。谋定战“疫”大局。

听说前方医护人员累了、馋了，“娘家人”就把特产运来了！

西藏雪山牦牛肉、广西螺蛳粉、山东德州扒鸡、四川火锅、青海冬虫夏草……

江苏7名大厨带着食材抵达武汉，为医护人员呈上茄汁虾球、小黄鱼……保证当天新鲜供应。

四川省火锅协会承诺，医务人员免费吃一年火锅。

吃不惯米饭？10万个山东大馒头运抵黄冈。

广东一家房企捐了一台煲仔饭机器人。啥？机器人还能做饭？

是的。每15分钟就能出品36份煲仔饭。“从加热、加油、加水到出餐，整个过程全自动化操作，能大幅降低因人员接触而导致的交叉感染风险。”24小时全天候运作，医护人员只要下单就有热饭吃！

不仅有家乡特产，还有精神食粮，方舱医院的广场舞、新疆舞，四川的“折耳根美食节目”……只有你想不到，没有做不了的。

《吕氏春秋》中说：“万人操弓，共射一招，招无不中。”

没有哪个国家能像中国这样，雷厉风行，上下一心：当国家号召大家不出门时，老百姓就“宅”在家里，“闷”死病毒；前线缺什么，只要说一声，大家都恨不得把家底掏空去补足。

难怪世界卫生组织总干事高级顾问艾尔沃德会说：“如果我感染了，我希望在中国治疗。”

这就是大国战“疫”。

湖北不怕，我们都在。

全世界的华人，都在往国内运物资！

2020年的阳光洒在脸上。总有一种力量，让我们泪流满面。

新冠肺炎疫情暴发以来，我们看到太多动人的故事。

而我一直在关注一个群体——海外华人。

即便是国外疫情没有暴发的时候，他们的日子也并不好过，乃至遭到当地少数激进分子的排斥，甚至被诋毁。

而受到这样的无妄之灾，这些海外华人依然心系祖国，从世界各地捐资、买口罩、筹物资，想尽办法支持祖国。

看看下面的故事，你会有不一样的触动。

01

口罩紧缺，成了疫情全面暴发之初国内面临的大难题。

当时，有网友统计过一个数字：中国每天的口罩产量是1000万片，而医护人员就有400万人，也就是说，每天生产的口罩专供医院都不够，还有广大民众呢。可想而知这个缺口有多大。

知道国内“口罩荒”，海外华人发力了。

2月3日，南方航空一个普通的商业航班，从肯尼亚飞往广州。而飞机前舱里的景象，让人惊讶：一排排座位上，“坐”的不是客人，而是一箱箱口罩！

这上千个大箱子，里面都是医用物资：N95口罩、医用外科口罩、医用手套、防护服……全是肯尼亚华人华侨捐助的，它们被送到了湖北、安徽等地。

这趟“口罩航班”，虽然座位上没有中国人，但满座尽是中国心。感谢你们，远方的游子！

02

万里之外的阿根廷，有两个华裔小朋友——9岁的陈昀皓和6岁的陈昀晗。

虽然他们不太明白这个世界正发生着什么，但听到大人们说祖国正遭受疫情，兄妹俩一商量，决定把自己攒的压岁钱拿出来捐了。家长欣然支持，帮他们订购了2.5万片医用口罩，寄回国内，送到他们的祖籍地福建省福清市。

他们还写了祝福语。哥哥陈昀皓写的是“武汉加油！”，妹妹陈昀晗写的是“母亲加油！！！”，三个叹号，还配上一幅画。

这样的孩子还有很多。一个华侨说：“我看到有华侨的孩子，拿着自己的压岁钱去药店买口罩。这么小的孩子，也知道要支援祖国。”“很多华侨开着小店，自己忙不过来，就让家里的孩子去买口罩，一天买几个，累积起来，交给当地的华侨社团，再捐给国内。”

这些孩子，大多不是在中国长大的，有的甚至都没有回过中国。但他们知道，他们的根在中国。

孩子们很棒，他们的父母更棒。一定是父母有一颗中国心，孩子才会怀一份中国情。谢谢你们，远隔万里，依然爱着祖国母亲。

03

1月31日，中国驻马来西亚槟城总领事馆门前，出现三个可疑包裹。工作人员不知里面是何物，不敢拆开，便找来了警察。警方和消防人员初步调查后，决定引爆箱子。

排爆机器人启动，箱子爆开！结果，炸出来的，居然是大量的口罩！

警方调查后，才知道这三个包裹是几个华人之前放下的。他们放下这三箱口罩后，还曾举着牌子高喊：“中国加油，武汉必胜！”

一场令人感动的误会。你们的一箱口罩没了，但这份对祖国的爱，我们会小心收藏。

04

如果不是因为这次疫情，我还不知道在世界各地活跃着全球购的买手协会。

买口罩，他们是专业的。所以这一次，他们第一时间冲了上来，发挥了巨大能量。

一个泰国买手协会会长，募集到30万片口罩，3000套防护服，从曼谷空运回浙江。

另一个买手——“老钟驾到”囤了大量口罩。很多当地人看他口罩多，都想来买。但他严正声明：只捐不卖。

原因他没说，我们替他说吧：因为，祖国比生意重要。

国内疫情发生时，陈雪燕正在尼泊尔旅行。得知老家口罩紧缺，她跑遍附近药店，买到了5800片口罩。行李太多了，她扔掉一些衣服和洗漱用品，腾空行李箱来装口罩。

最后，她带着满满四大箱口罩回国，免费送给医护人员和需要的人。她说：“我知道疫情来了，医疗物资比我的随身物品重要多了！”

一个河南女导游，组织她的“武汉护城队”，从泰国购买了40大箱防护服，扛回国内，发往武汉。

还有美国的、日本的……各地华人连夜排队采购物资，自发募捐物资。数十万件医疗物资陆续抵达国内，可想而知会发挥多么大的作用。

绝对的雪中送炭！谢谢你们，中华儿女！

岂曰无衣，与子同袍。

05

巴西，是距离中国最遥远的国家之一。但国内疫情消息传来，立刻在当地的华人群炸开了锅。

巴西湖南同乡总会迅速行动，号召当地华人援助祖国。很快，各路人马到位，有的找货源，有的负责统计，有的联系运输线路。大家都很急，活干得也很快。没几天，巴西工厂第一批N95医用口罩就准备好了。他们整理好包装，准备运回国内。

空运手续烦琐，最好的办法是托人带回。1月31日，他们忙了一整天，电话联系了100多人，但没有人准备回国。万分焦急的时刻，忽然接到电话，对方说，他当晚回国。众人特别激动，立即顶着狂风骤雨，开车把货拉到机场。

各种手续办好，已是晚上11点，大家都还没有吃晚饭。会长说："真是饥寒交迫，但每个人都很高兴。"

能感受到那种快乐。就像一个孩子，给生病的母亲买回了药。

他满心都是要为母亲做点什么，又怎么会在乎一顿饭呢？

06

有俄罗斯华侨，为此次疫情捐赠了大量医疗物资。好几大箱子，也是不便托运，要找回国的同胞帮忙捎带。

帮忙往回带的人，其实也不认识捐赠的人。他们看见箱子上写着"潘总"，便在微信群里好奇询问：潘总是谁？另一个人回：好人呗。

是啊，我不知道你是谁，但我知道，你是个善良的中国人。

谢谢你，好人潘总。也谢谢每一个为疫情付出的王总、刘总、张总……你们可能在异国小有成就，但我们也知道，独自在外打拼的人，哪有一个是容易的。

千言万语说不尽，一句“好人”，是素不相识的我们，给你们最真心的赞誉。

07

海外的安徽华人，在美国发起了为湖北武汉募捐的呼吁后，老乡们纷纷积极响应。

商店的口罩缺货，他们只好转向网上订货，采取少量、多人、分次订购的方式，提高成功率。

每天睁眼闭眼都是抢口罩的事儿，白天在当地抢口罩，晚上在网上抢口罩。

当口罩终于寄到指定的医院时，他们喜极而泣。

从2月6日晚开始募捐，他们用了17天时间采购、打包、发货，总共募集到善款16000美元，以及价值上千美元的医疗物资，这些都是老乡们的辛苦成果。

一场疫情，显现了老乡的凝聚力，以及他们对祖国的爱之深。

谢谢你们，家乡已经收到你们的心意，为你们感到骄傲。

08

一个来自湖北的游子，在美国华盛顿居住。她母亲是湖北一家医院的医生。

武汉“封城”第二天早上，母亲突然发来微信，希望她能寄些N95口罩回去。

她立马明白，家乡物资不够用了。于是赶紧打开电脑，却发现常用购物网站的口罩售罄，住所附近的药店也买不到了。

她想起前两天同事提到的一家店里还有销售，于是赶紧订货，并调整了工作安排，自己去店里提货。

她的舍友也是湖北女孩，正准备往家乡寄口罩。运费高昂，但她们毫不犹豫：再贵也要寄，早发一天货，就能早一天到达。

母亲知道物资已经在路上，高兴极了，在视频电话中，眼睛眯成了弯弯的月牙。

这是欣慰的笑容吧。虽然孩子不能陪在身边，但以另一种方式支持着自己，牵挂着家乡，与自己、与家乡并肩作战。

爱和团结，是战胜疫情的良药。

09

这样的故事太多了。就像美东华人社团联合总会会长梁冠军说的——

“你看华侨华人的微信朋友圈，捐款捐物的各类消息一直在刷屏。大家都关注着疫情。

“很多华人都在想办法，利用各自的关系，向自己认识的美国医院、诊所、医生订货，每个地方订100个、几十个，积少成多，再成批发回国内。

“大家都在积极参与，平时‘不冒泡’的会员也都出来捐钱。

“很多华侨华人，都是不惜代价去找物资的。有时约定好的厂家临时变卦，有时物资紧缺价格飞涨，每谈成一次交易都使人精疲力竭，但华侨华人们就是这样不断地努力，找货源，运回国。

“祖国有难，需要帮忙，我们海外华侨华人要尽微薄之力，义不容辞。”

10

正是在这样的努力下，世界各地的医疗物资驰援中国：有老挝湖南商会运回来的，摆成一条长龙；芬兰华人在物资上贴着醒目的五星红旗；埃及华人的战果，差不多有10吨；有卡塔尔中资企业协会的；也有很多物资的外包装箱上连品牌标志都没有，那是因为时间太紧张，厂家来不及印……这些辛苦筹来的物资背后，是一颗颗拳拳赤子心。

就这样，一批批物资装上航班，飞向祖国。

11

所以，你懂了吗，什么叫“聚是一团火，散是满天星”？

这些海外华人，平时散落在世界各地，背井离乡，辛苦打拼，各有各的不易。但是，当祖国有难时，他们立刻望向祖国，千里万里送来“粮草”。

拳拳游子心，殷殷报国情，令人感动。有一个原本想回国过年的华人，因为疫情不得不放弃计划，他写道：

“一夜之间，祖国成了我们回不去的故乡。而当太阳再度升起，我们却发现，自己和祖国的距离，从未如此接近。”

都说血浓于水，平时似乎感受不深。就像亲姐妹，平常也许不会表现得多么亲密，只要到了具体的事情上，情分自然见分晓。

这次国家有难，海外华人华侨的义举，让我们明显感觉到：无论男女老幼，无论生活在何处，“中国”两个字，都深深刻在每个中国人的基因里，不会因时间或距离而消失。

我们也忽然发现，“中国人”三个字，原来分量如此之重。灾难面前，我们站在一起，手牵着手，不分你我，昂首向前走。

不管是这次疫情，还是以后的任何麻烦，只要我们同心协力，没有什么难关是过不去的。

疫情中“失踪”的中国企业家，都干了些什么？

老话说：“天塌下来有大高个顶着。”现在，这句话应验了。

这次疫情，武汉、湖北，甚至整个国家都需要支援。

大部分人力量微薄，能做的十分有限。这时，就格外需要“大高个”顶上来。

谁是“大高个”？其中就有那些我们日常生活中熟悉的大企业。

疫情中，人们关注医生、患者、湖北、武汉……似乎很少听见各大企业的声音。

那么，面对这次突如其来的“大考”，这些平时的“优等生”，都分别交出了怎样的答卷？

我从头到尾一直在关注，只想用一个字来评价：

棒！

“缺钱吗？我们给！”

疫情之初，情况不太明朗，很多人一时间都不知道战“疫”一线需要啥，自己能干啥。

所以，众企业的第一反应都是：先拿钱！

据不完全统计，互联网巨头们，基本上“起步价”就是1个亿：网易1亿元，拼多多1亿元，快手1亿元，美团2亿元，百度3亿元……

字节跳动（旗下有今日头条、抖音等公司）先拿出2亿元，后来又追加1.91亿元，总额增至3.91亿元。这些钱主要给一线的医务人员，不幸感染者每人10万元，殉职者每位100万元。

腾讯先捐了3个亿，之后马化腾追加了2个亿；2月8日，腾讯继续追加10个亿，一共15亿元。

阿里巴巴第一时间设立了10亿元医疗物资基金，之后又设立10亿元爱心助农基金，还为钟南山院士团队捐赠了2000万元。同时，马云个人捐出1亿元。

这还只是互联网巨头们的部分捐款。还有更多的，无法细数。

当然，这些钱到底用在哪里，貌似也不用太担心。

这次疫情中捐了1.5亿元的福耀玻璃集团董事长曹德旺就说了：

“你们用曹德旺钱的时候要小心，要把钱用好。我们会非常严格地监管，等疫情结束后，会去查我们的捐款到了哪个账户，谁花了，怎么用了。”

帅！

“缺口罩？来了，来了！”

除了捐款，这次最让我感动的是，几乎所有大企业都在非常踊跃地帮一线解决困难。

没有人要求，但他们全都自主采取行动。

疫情发生后，武汉医疗物资告急。

来看看互联网巨头们的行动力：

京东物流第一时间开通救援武汉物资特别通道，把捐赠的100万片口罩及6万件医疗物资送到武汉。这是最早到达前线的互联网支援物资之一。

阿里巴巴国际站也立即展开“全球寻源”，从几十个国家采购口罩、防护服、护目镜等重点物资。很短时间里，就搞定650万件医疗物资，直接送达武汉。

腾讯同样优秀：全球采购物资，第一时间包机抢运，并且准确送到最需要的一线人员手中。

当时，武汉协和医院医疗物资一度全面告急，一时间又没办法从其他渠道获得，非常着急。

1月30日晚7点，腾讯联合复星的包机降落在武汉天河机场，飞机上装的是从英国、日本采购来的医疗物资——4.5万件医用防护服、10万片口罩，解决了防护服和口罩短缺的燃眉之急。

截至2月9日，腾讯已联合全球伙伴采购了335万片口罩、12万套防护服、2.25万片成人纸尿裤，以及大批防护手套、护目镜、消毒液、呼吸机、耳温枪、酒精、检测试剂盒等防疫物资，都已送达前线并完成发放。

在国内物资告急的时刻，这些大企业通过自己的全球思维和全球运作能力，高效精准、切切实实地解决了很多难题。

真的非常了不起！

此外，还有很多大企业在持续发力：

拼多多向湖北地区捐赠了100万片医疗专用口罩，2万套防护服，20万只医用手套，30吨德国进口的医用消毒液，以及一批价值近1000万元的新冠肺炎检测设备。

网易严选上线近20万片防护口罩，免费专供湖北用户；紧急上线5万份一次性酒精消毒片、洗手液、免洗净手喷雾等防护用品，免费提供给全国用户；调集近100万件急需防护物资，供应全国用户。

这都只是我们通过网络随手查到的，像这样积极为一线送医疗物资的大企业还有很多。

“医护人员吃饭难？交给我们！”

武汉“封城”后，医护人员吃饭一度成了问题。

1月31日，武汉4家医院向拼多多发出求助——食堂缺菜，医护人员本已体力透支，很容易营养不良，紧急请求果蔬援助。

其中一家医院的求助清单就有350公斤红菜薹，500公斤白菜，100公斤黄瓜，100公斤番茄，50公斤豆角，100公斤西兰花，3500个苹果……

而这些，也仅够医院500名医护人员吃一周。

拼多多“抗疫工作组”接到求助后，立刻行动，紧急从全国各产区筹集新鲜蔬菜水果。

短短两天后，拼多多的100吨蔬果陆续抵达4家医院的食堂，白菜、西兰花、土豆、青椒、苹果……够5000名一线医务工作者吃一个月的了。

另一边，盒马鲜生也不甘落后，弄来1.5万公斤车厘子，捐给武汉72家医院的医护人员。

送货的小哥还有点害羞，放下货火速赶往下一个目的地……

当然，可不是送点车厘子就完了，盒马鲜生随后源源不断地给医护人员送东西：价值20万元的宁夏滩羊、100吨库尔

勒香梨、1400箱烟台红富士、1000箱柑橘、3000箱方便面……

此外，疫情期间，他们还给几家武汉医院免费提供一日三餐。

“果农菜农在哭泣？有我，别怕！”

疫情来后，很多农民的水果蔬菜都没了销路，无数草莓、白菜、西红柿……留在地里无人问津。农民们一筹莫展，只能眼睁睁看着它们最后烂掉。

辛苦劳作不易，这点收入是一个个家庭满心的盼望。

网上不时看到农民抹眼泪的新闻，让人特别心酸。

其实，另一边的老百姓也需要瓜菜，只是不知道怎么从农民手里买。

很快，大企业就有行动了。

阿里巴巴旗下的天猫、淘宝、聚划算、盒马鲜生、饿了么、菜鸟……联合发起“爱心助农”计划，开足马力替农民卖菜卖果。

盒马鲜生在很短时间里，就卖掉了各地600多吨滞销果蔬。广西永福的砂糖橘，浙江德清的春笋，山东临沂的白菜、茄子、小番茄……纷纷飞入寻常人家。

饿了么的“线上菜场”则把水果蔬菜送到各个封闭管理的小区门口。

淘宝直播也花了大力气，请来明星、主播为农户卖菜。同时，放低门槛，让农户自己直播卖菜。

另一边，京东也不甘示弱。

京东直播与京东生鲜、京东秒杀、京东物流、京东云等全方位协作，开启了“疯狂带货”模式。

大凉山草莓、寿光蔬菜、向阳蜜瓜……短短十几天，京东就帮助销售生鲜农产品3900吨，累计帮助34386户贫困户打开滞销农产品的销路。

每个数字背后，都是农民一颗颗悬着的心啊。

扰乱价格？永久封店！

大家都在紧张地抗击疫情，然而还是有一小撮人，借机“搞事情”，哄抬口罩价格。

京东和阿里巴巴都在第一时间发布声明：平台所有口罩绝对不允许趁机涨价。

淘宝官方微博也发出公告，截至2月4日，阿里巴巴永久清退15家违规口罩类店铺，还将其中5家移送执法机关。

阿里巴巴协助全国14个省份的公安机关，侦办制售假冒伪劣口罩等违法案件128起，抓获犯罪嫌疑人65名。

另一方面，阿里巴巴也向中小商家推出了一系列扶持政策：减免平台经营费用，向湖北商家提供免息贷款，给快递员补贴，等等。用各种办法，帮助大家渡难关。

对坏人不姑息，对好人伸援手。赞！

“国家需要啥？我有！”

2月10日，在国务院联防联控机制新闻发布会上，民政部相关负责人鼓励互联网企业开发符合社区防控要求的功能应用。

阿里云公众号当天推送了一篇文章：《听说国家有需要？我们已经准备好了》。宣告阿里云联合支付宝、钉钉推出免费的智能社区疫情防控小程序上线，可以帮助社区一线工作人员完成出入登记、健康打卡、疫情通知等工作。

腾讯几乎同时发文：这样的工具，腾讯云已经准备好了！

这说的就是腾讯电子出入证，可以线上远程办理、线下无接触核验，判断人员通行权限，记录体温、判别高危人群，并方便全体居民申报健康信息。

这种行动力，这样的反应速度，这种“国家有需求，我就站出来”的担当，真的特别棒！

“该我做的，我都做好。”

除了互联网企业，中国各领域的大企业也都表现优异。

1月28日晚，万达集团就做出重磅决定：1月24日—2月25日，全国各地所有万达广场的商户租金及物业费，全部免收！

涉及的金额大概有30亿元。

对这个“简单粗暴”的决定，有网友“简单粗暴”地评价：“是条汉子！”

还有华为。

武汉火神山医院、雷神山医院的5G网络基站，是华为紧急建设的。为此，华为成立了200人的疫情保障项目组，春节无休，短短三天，就完成了从规划、勘察、设计施工，到光纤铺设、架设基站、开通调测等全套流程，堪称神速。

疫情期间，湖北官方使用的会议系统、远程会诊系统，从技术到设备，也基本都是华为提供的。

此外，华为还捐赠了智慧屏产品，用于远程医疗，也都是华为员工穿上防护服去医院安装的。

为了支持医院远程诊疗，方便医护人员沟通，华为还给火神山医院捐了1000台5G手机。交付这批手机时，现场正施工，最后一段路程，车子过不去了。华为4名员工手提肩扛，用了整整3个小时，把1000台手机一箱箱扛到交付地点。

只是这家企业实在不爱宣传，干了啥事基本都不说。

其实，早在大年初一，华为就已经在往武汉运送救援物资了，这还是帮忙协调运送的长沙邮政局的工作人员说出来人们才知道。

华为100多名工程师在火神山医院搭建网络的消息，也是湖北卫视记者无意间拍到的。

这些，在华为的官网都看不到。

这就是华为的风格，做事低调，但是出手果断，从不含糊。

国家需要的时候，他们都在

宣传也好，低调也罢，这次疫情里，中国的企业真的表现出铮铮铁骨。

他们有资金、有技术、有想法、有创意、有速度，更有满腔家国情怀。

国家需要的时候，他们一个接着一个，毫不犹豫地站了起来，做出了巨大贡献。

艰难时刻，社会需要英雄人物，更需要英雄企业。

老百姓常说“事儿上见”。平时说得天花乱坠都不算，关键时刻见真章。

而这次中国企业的“优等生”集体亮相，展现了大企业应有的社会担当，表现堪称完美。

这些我们一直支持和信任的企业，在关键时刻没有辜负国家和人民。

此刻，我们终于可以骄傲地说：不枉我们爱你们一场，谢谢！

外国人在武汉：“武汉是我的第二故乡”

当有人悲伤地说着“我的城市病了”，很多居住在武汉的外国人，回绝了各自国家大使馆的撤离建议，选择留了下来，与中国人民、武汉人民一起，守护武汉，与武汉人民共患难。

他们觉得，这里发生的一切，与他们息息相关。

“武汉，我要和你在一起”

他是一名70多岁的老人，名字叫岛田，来自日本，大家都爱叫他“岛爷爷”。

岛爷爷来武汉已经10年了。武汉大学附近有他的两家咖喱店，名字叫“顶屋咖喱”，在日语里，“顶”就是“最好”的意思，他想给客人做最好吃的咖喱饭。

疫情期间，咖喱店不能开业，岛爷爷也没有回国。他在日本有房子，但是已没有亲人，这些年来，他已经跟武汉融为一体，身边的武汉人，就是他的亲人、朋友。

“在武汉生活多年，我就是一个武汉人，越是艰难时刻，越不能离去。武汉，我要和你在一起。”

他和武汉的缘分，源于咖喱。还在日本生活的时候，当一个中国留学生说起，想在自己的家乡武汉开一家咖喱店，岛爷爷便随之来到了武汉，从此落地生根。

岛爷爷善良、热情，他做的咖喱饭蕴藏着匠人的执着，来吃的人都赞不绝口，不久他便在武汉出名了。

岛爷爷也很快融入了武汉的生活。在他看来，这里空气清新，年轻人活力满满。

抽烟和看书是他的两大爱好。空闲的时候，他常常在阳光下看书，写写画画，也会骄傲地跟别人炫耀：“武汉有哪些名人、名胜古迹、历史故事，说不定我比你们知道得还多呢！”

他爱从黄鹤楼出发，远远地走到长江的另一边，站在江边长久地眺望。他说，武汉让他想起了小时候的家乡日本福冈。

这个可爱又独特的老人，给武汉带来了不一样的味道。

也有很多人特意来跟他学习日语。感受到大家学习日语的热情，他灵机一动，开始在店里免费教授日语，每天晚上7点半开课。他教得很认真，学生们也学得很开心。但他可是个严格的老师呢，虽然是免费教学，但不好好听课的学生，都会被他板着脸请出去。

岛爷爷很大方，无私地分享自己的咖喱制作秘方，他想把这条街变成“咖喱街”。

谈起初恋，他会很害羞地说：她很卡哇伊（可爱）。

不过有时候，他也很凶。他对饭菜出品质量和卫生要求极高，如果店员对顾客有一丁点做得不到位，岛爷爷就会生气。

2020年的春节，他在一个店员的家里度过。他很喜欢中国的新年，感觉大家在一起热热闹闹的，团圆的感觉，很幸福。

“和武汉人在一起，让我感到很温暖。”

以前岛爷爷很少看新闻，但疫情期间，他天天关注新闻。他像每一个武汉人那样，希望这座城市早日康复。

未婚的他，从30多岁开始，一边攒钱一边环球旅行。他说，武汉是他的归宿。他想着，如果有一天他不在了，要把全部财产都留给店员。然后在中国火化，让人把他的骨灰撒在中国的大海里，和中国完全融合为一体。

“雨后的大地，每个角落都很快获得新生”

易卜拉欣是一个居住在武汉的爱写诗的也门人。他饱含深情地为武汉读诗：

你在哭泣，为那些已经逝去的人们。

他们如一群鸟儿，向着天际飞腾。

就让泪水流淌吧，犹如滂沱大雨。

雨后的大地，每个角落很快获得新生！

2014年，易卜拉欣来到中国；2019年，他第一次来武汉，就喜欢上了这里。疫情来袭，他决定跟武汉一起坚守，和病毒作战。

疫情期间，他蛰居在家，看书、下象棋、写诗、陪孩子踢足球。通过app买菜，就会有人送过来。

易卜拉欣每天都会关注疫情变化，他很伤心：“这不是真正的武汉，从前的武汉那么热闹，街上来来往往的人那么多。现在却好像是你们哭泣的眼泪，可我想看到中国人笑起来。”

他开始源源不断地创作诗歌，献给武汉：

爱人，我牵挂你的心颤动不已，

几乎要因这灾祸的可怖呼出哀声。

当别人已经一个个离别远奔，

这便是一个抛却生死安危之人，

选择与你共赴患难，情笃意真！

他有一个可爱的儿子，会说一口标准的中国话：“大家好，我是阿布迪，来自也门。我住在武汉，我不离开武汉，我为武汉加油。”

关于明天，易卜拉欣也把希望和祈祷种在诗句中：

黑夜度过，黎明又会来临。

整个国度，终将迎来旭日东升。

“她是一座不屈服于死亡或失败的城市”

“我正在记录武汉的生活，以揭穿有关中国的谣言和虚假信息。”

阿德姆·赛义德，是一个来自黎巴嫩的小伙子，5年前来到武汉，是华中科技大学的在读博士。他对这座城市的感情越来越深。

个别西方媒体对发生在武汉的疫情进行了一些失实的报道，各种猜测和引发人们恐慌情绪的信息也在肆意传播。

可是，当大使馆劝阿德姆·赛义德回国的时候，这个英俊的小伙子不但坚持留在武汉，而且决定要为真相摇旗呐喊：

“在这里，我们没有看到任何犯罪发生，安全和秩序仍然存在。如果这种情况发生在世界的其他地方，你会看到价格突然上涨或食品、药品供应短缺。但在武汉，情况并非如此。”

为了不让黎巴嫩的家人朋友担心，他通过直播记录日常，并且告诉他们：学校每天正常供应学生三餐，各种食品药物也供应充足。

他的举动引起了黎巴嫩当地媒体的关注，一些人甚至称他为“战地记者”。

他说：“不管怎样，武汉绝不是一座‘鬼城’，因为这里的生活是不可能停止的。事实证明，她是一座不会屈服于死亡或失败的城市。”

“因为我对这片土地爱得深沉”

29岁的伊朗小伙子是一家咖啡店的咖啡师，这段时间在跟其他店员一起给医护人员免费做咖啡和送咖啡。他觉得自己原本是一个孤单的人，能够被人需要是很开心的事情。

有一天，他听到楼上开始喊“有没有人？”，周围人纷纷回应；有人喊了一声“武汉加油！”，所有人都跟着喊起来。那一刻，这个伊朗小伙子热泪盈眶，他直言：“我觉得我比任何时候都更加爱这座城市了。”

法国医生菲利普，武汉协和医院的一员，选择留守岗位的他直言：“我在武汉比在法国更有用。我有我的岗位，我必须坚持我的工作，这才是我目前能发挥的最大作用。我与武汉共命运。”

美国留学生佩雷兹因为爱情留在了武汉，他调皮地描述中国的医疗保障措施：“去超市的时候，他们用体温枪扫描你的脑袋，就像科幻电影里一样。”

武汉大学的德籍教授狄墨也没有走。疫情期间，他的武汉邻居把自家的粮油和蔬菜放在门外，请大家共享。这让他特别感动。

…………

在武汉，这样的外国人还有很多，他们把武汉当成了第二故乡，放弃了撤离的机会，选择陪伴受伤的城市，与武汉共患难。

“为什么我的眼里常含泪水，因为我对这片土地爱得深沉。”

当一座城与你的生命相随，她的气味、她的节奏、她的声音其实都在跟你对话。你的爱和付出会令她的一切都与你息息相关。到后来，你会被她感染同化，具备了这座城市的独特气质。

她也将会回报于你。

就像憨豆先生的扮演者、同样选择留守武汉的“逗逗先生”在一首歌当中唱的：

You are my sunshine, my only sunshine.

（你是我的阳光，我唯一的阳光。）

You make me happy, when skies are gray.

（你让我感到快乐，当天空灰暗的时候。）

You are the reason,why I'm in Wuhan, please don't take my sunshine away.

（你们就是我留在武汉的原因，请不要把我的阳光带走。）

疫情之下，爱情至上

“爱上你，是困扰我一生唯一的疾病。”马尔克斯在小说《霍乱时期的爱情》中说。霍乱和爱情的相似之处就是：无可避免、无可救药。

云爱情

新冠肺炎疫情期间，“云会议”“云办公”“云课堂”激活。

许多爱情的发生形式，也变成了“全民网恋”，甚至出现“同一个小区内的异地恋”的调侃。

很多崭新的热词在网络流传：“别来无恙”“不约而同”“薄情寡疫”“疫见忠情”……

2020年的情人节，令不能厮守在一起的恋人可谓绞尽脑汁。

“一包口罩顶一千朵玫瑰。”一些

线上外卖平台晒出的数据显示：最好的情人节礼物是口罩、护目镜和酒精消毒片。

这一天，出现了大量的异地外卖订单，其实只是想在订单备注栏写下情书。

以下，是疫情期间异地情侣的一天：

醒来，打通视频电话，直播自己做的事情——做饭、逗狗、写作业；一起完成一件事——运动或玩游戏；下五子棋，只想跟你拼“心”形；听着彼此的呼吸声睡觉。

一看，不知不觉已经过了700分钟，刷新了两人视频聊天和语音聊天的时长纪录。真好，睡前的最后一秒和睁眼的第一秒，看到的都是你。

各种“恋爱科技”也横空出世：

用共享屏幕一起看电影、电视剧；

采音麦克风：把你的声音立体环绕式地传送给对方；

日本某大学研发的一款机器人背包，伴侣可以远程遥控背包上的机器人，帮另一半完成烹饪、拥抱等各种指令。

还有云K歌、云蹦迪、云打碟……

而最幸福的事，还是想想：见面以后，我们要做什么？

一起喝奶茶，一起去旅游，一起去做还没来得及做的事情。

或者，结婚吧。

我们结婚吧

01

陈颖是一名“95后”护士，连续工作10多天后，终于见到了日思夜想的男友，虽然只能隔着玻璃。

男友知道她下夜班害怕，从此每天要熬到半夜，准时在她下夜班的时候跟她视频。

原本定在情人节领证，因为疫情推迟了。两人约定：疫情一结束，就去登记结婚。

02

他是一个民警，独自一人去接新娘。没有婚车，没有宾客如云。一对爱人，办了一场特殊的婚礼。

新郎来到小区门口，对门卫大爷说：“婚礼不聚众，我一个人，来接我的新娘！”

这对新人都戴着口罩。

新娘说，其他都不重要，只要有你在。

新郎许新娘一场婚礼：“等到疫情结束，我一定让你做最美的新娘！”

03

这是一个重要的日子，新娘穿着她的“婚纱”——粉色的护士服。

“请你们通过视频望着彼此的眼睛，无论贫穷或富贵，健康或疾病，你都将关心他、呵护他、珍惜他、保护他、理解他、尊重他、照顾他、谦让他、陪伴他，一生一世，直到永远，你愿意吗？”

“我愿意。”

疫情让这对新人必须坚守各自岗位，但选定的良辰吉日，没有因为疫情而中断。

5分钟的“云婚礼”，相守一生的誓言。

爱人和战友

01

医院走廊，被防护服包裹得严严实实的医护夫妻相遇了。

“你是陈炳吗？”

“是的，你是小奇？”

徐小奇点点头。丈夫陈炳很惊喜，隔着厚厚的防护服，来了一个大大的拥抱。之后，徐小奇细心检查丈夫的防护服。

02

这对医护夫妻，同在一家医院工作了20年，平常上班能碰到的机会就很少，而今天在隔离病房门口，王端看到一个穿着防护服的高个子，那一瞬间的直觉：

原来，你也在这里。

“我俩都瞒着对方向医院交了请战书。”妻子王端作为四川省第五批援助湖北医疗队队员，于2月7日先行来到武汉。由于分属不同批次，丈夫陈心继续留守宜宾。“我跟她说，我守长江这头（宜宾），你在长江那头（武汉）。”

我住长江头，君住长江

尾，日日思君不见君，共饮长江水。

2月13日，陈心作为四川省第八批援助湖北医疗队领队也来到武汉。王端在武汉大学人民医院东院区，陈心在江对岸的武汉协和医院肿瘤中心，两人依然“隔着长江”。后来，因为四川医疗队要集中交流经验，两人这才见了一面。

“回到成都，陪你吃一年的火锅。”陈心说。

“先救人，等平安回去再说。”王端轻声回答。

少年夫妻老来伴

01

两个八旬老人同患新冠肺炎，老爹爹（即老爷爷，系当地方言）举着吊瓶，来另一个病房照顾老婆婆吃饭。

他把好吃的都挑出来，夹给她。每次等老婆婆吃完，他自己的饭菜都凉了。

“老伴没有牙，喜欢吃青菜、咸一点的，饭里要有菜汤。不喜欢吃硬的、辣的，鱼肉有刺也不行……”喂饭时，他喜欢跟她讲以前的事，问她叫什么名字，家住在哪儿，她一高兴，就能多吃几口饭。

原来，老婆婆患了阿尔茨海默病，早已记不得老爹爹。每天老爹爹都要来看看她，关心她被子盖好了没，睡得暖不暖和。

往常在家里也是如此。比如：老婆婆睡觉喜欢垫高枕头，夜里常翻身，老爹爹总能马上醒过来处理。

老两口都是普通工人，辛苦操劳一辈子，养育了5个儿女。退休后，妻子还卖了几年栀子花补贴家用。7年前，老婆婆患上阿尔茨海默病，生活逐渐不能自理，还曾离家出走，不知道让人找过多少回。老爹爹一度懊恼、心烦，但想起以前相互扶持的日子，他总会充满感激。

年轻时的你，为我做了很多，吃了很多苦。

好不容易艰难日子挺过来了，子孙满堂了，你却什么也不记得了。

那些记不得的，我都帮你记着呢。

02

孙爷爷患有阿尔茨海默病史，时而清醒，时而糊涂。每天下午两点钟，ICU的探视时间一到，黄奶奶就会带着孙爷爷爱吃的猕猴桃准时出现，他们一起洗手、擦脸、写字。时间到了，黄奶奶准备回去时，他们会有“贴额头”仪式，黄奶奶的额头和孙爷爷的贴在一起，感受对方的温度：“我上去了，你要加油！”

后来，ICU取消探视，黄奶奶便开始给老伴写信：

亲爱的老伴：

海上生明月，天涯共此时。情人怨遥夜，竟夕起相思。灭烛怜光满，披衣觉露滋。不堪盈手赠，还寝梦佳期。

老伴，借古人名句表达我的思念之情，妻望您要安心治病，别烦躁，保持体力能很好地增强免疫力。

亲爱的老伴，加油！

拿到信的时候，孙爷爷总会看很久，一字一字认真地看。

03

2月，周爷爷刚过完自己101岁的生日，就被确诊为新冠肺炎。他并不担心自己，反而惦记着家里92岁的老伴无人照顾。

他身体硬朗，自己吃饭、倒水、洗漱，还能拎着开水瓶去水房打水，不让别人帮忙。他常常在病房来回走动锻炼，别人问起，他就说得赶紧好起来回去照顾老伴，给医护人员撒了一大波“狗粮”。

这让我想起，“多少人曾爱慕你年轻时的容颜，却有一个人还爱你虔诚的灵魂，爱你脸上的皱纹”……

一起慢慢变老，也宠你一直到老。

等你归来

01

“赵英明，你平安回来！我包一年的家务。我做！听到没有？”

前往武汉支援的妻子已经坐在车里，即将离开，丈夫哽咽着大声喊。

这一离别，突然怕你回不来。

突然真的好害怕失去你。有你的时候，我总是很懒，总把家务都推给你。

这次，只要你平安回来，我再也不跟你吵嘴了，家务我都做。答应我，平安回来，好不好？

02

他是一名社区卫生服务中心的医生，接连值班让他疲倦又焦虑。他已经很久没和女朋友联系了。

这天，有个人端着蛋糕，朝自己走来，同事们捧着鲜花。这是真的吗？她来了？

“生日快乐。”她一上来就给了他一个大大的拥抱，他这才记得，今天是自己25岁生日。

“你咋来了？不是让你别来？”嗔怪的语气。心里却在说：“你来了，我太高兴了。但你怎么这么傻，我不想让你来这个不安全的地方，可是我真的好想你。”

女友喜欢《霍乱时期的爱情》，于是他改编了书的结尾部分，给心爱的人朗诵：

“她听出了昔日那个被圣神恩典照亮的声音，他被她灵感的巨大力量震慑住了，他们看到了战“疫”的决心和勇敢无畏的爱，他为她备好了答案：一生一世！”

这也是他的承诺。

03

咸宁市第一人民医院护士长谭亚君离开丈夫、孩子，冲到战“疫”前线。两岁的儿子半夜醒来找妈妈，于是，丈夫写下这样的一首诗：

孩子，你别哭
等到春暖花开之时
就是我们和妈妈的团聚之日
那时，宝宝们都在妈妈怀里撒娇
孩子，你别哭
等你长大后也要像你妈妈一样
成为一个有责任有担当的中国人
这不仅仅是写给孩子的，也送给你——孩子的妈妈。

你在外面保护国家，我也在守护我们的小家。

别担心家里，我和孩子，等你回来。

就像马尔克斯说的：“距离死亡越近，爱就越浓郁。”

爱和怕，是人类的本能，爱得越深，越怕失去。

疫情之下，爱情至上。疫情让我们重新审视当下、未来和爱。

珍惜你的爱人吧。人生无常，别留遗憾。

人类始终携手与共

新冠肺炎疫情来势汹汹，病毒传播跨越国界，不分制度、民族和习俗，直接威胁人类的安全。

这一次，我们面临着同样的命运：要么团结起来战胜它，要么被它持续折磨。

在历史的长河中，人类与传染病的斗争从未间断：鼠疫、天花、霍乱、非典、埃博拉病毒、中东呼吸综合征……人类每一次都能挺过来，但伤亡惨重。

科技高速发展，我们取得许多重大医疗研究成果，但病毒这个看不见的敌人，潜伏于自然界各个角落，“多变”而难以捉摸，依然是人类的痛与怕。

比尔·盖茨在2015年的一次演讲中提到，如果有什么东西在未来几十年里，可以杀掉上千万人，比较有可能是具有高度传染性的病毒。

面对疫情，各国政府必须卸下彼此的成见、分歧，建立合作机制，方可再次赢得胜利。

这是考验人类社会的关键时刻。

把善良传递下去

17世纪中期，鼠疫席卷欧洲。

彼时的英伦半岛中南部是鼠疫重灾区，而北部却幸免于难。这归功于南北往来通道的亚姆村村民。

来自伦敦的货物携带了鼠疫病毒，接触的人很快染病并死去，这使得村民迅速陷入恐惧与慌乱，不少人准备逃离村庄。

一个牧师站了出来，悲悯地劝诫众人："我们谁也不知道自己是否感染，如果已经感染，逃与不逃都是死，但我们却让病毒蔓延到更多的地方，造成更多的死亡。留下来吧，让我们把善良传递下去，其他人会因祸得福。"

村民犹豫再三，痛哭流涕，最终还是选择留下来，切断北上通道，并将亚姆村与外界隔绝开来。

344人的村庄最后只剩下70多人。

但他们成功了，病毒没有继续向北部传播。

后来，村里竖起了很多墓碑。那个牧师的墓志铭是：让我们把善良传递下去。

这是一个关乎习俗、善良、勇气和牺牲的故事。也让人从中获得应对传染性疾病的策略：如果病毒靠传播存活、繁衍，那就阻断它的传播路径。

见证友谊

为了防控新冠肺炎疫情，武汉"封城"，全国各地纷纷启动一级响应，实行"不出门政策"。

"封城"需要巨大的勇气和决心，意味着经济社会运转按下"暂停键”，但唯有“关起门来消灭它”，才能够有效保护其他地区，保护整个国家，保护更多地方的人民。

病毒会利用人性的弱点传播，但终会被人类的勇气和团结所消灭。

这是一面镜子，更是一场考验。

当湖北陷入危难时，我们举全国之力支援，许多国家和人民也纷纷行动起来。我们由此见证了中国与其他国家的珍贵友谊。

大年初一，日本紧急筹备医疗物资，将100万片口罩运往中国，那是国内疫情形势严峻、物资告急之时，真乃雪中送炭。随后，日本又运来10万套医用防护服，并坚持无偿捐赠。就连撤侨时，也不忘将各种物资随包机运过来。

日本民间也有各种暖心行动：

在京都开和服店的青木婆婆，给中国的顾客寄去口罩、巧克力、消毒水和画满樱花的明信片；

山川异域，风月同天

“东京灯会满月祭2020”上，14岁女孩身穿中国旗袍，为武汉募捐；

日本的小学生在老师的倡导下，筹钱为中国购买口罩……

这个热爱诗歌的国度，捐赠物资的同时也不忘用诗词来诠释中日两国的友谊：

山川异域，风月同天

岂曰无衣，与子同裳

同气连枝，共盼春来

青山一道同云雨，明月何曾是两乡

与此同时，韩国决定向中国提供价值500万美元的紧急援助物资。并附上朴素真诚的寄语：“兄弟同心，其利断金。守望相助，共克时艰。”

俄罗斯连番伸出援手，被网友戏称为“硬核直男式援助”。

2月8日，来自俄罗斯的飞机抵达中国，扔下一个沉甸甸的、装满物资的包裹，便低调地离开了。包裹上只标注了一个数字：183立方米。后来统计，一共23吨。

俄罗斯还派遣5名防疫专家援助中国，是当时唯一派遣专家来华支援的国家。他们还立了个硬性规定：不许拒绝为中国人提供服务，否则将受到严惩。

巴基斯坦给我们捐了30万片口罩、800套防护服、6800双手套。东西不算多，但却掏空了家底。要知道，巴基斯坦刚暴发登革热，又遭遇了严重的蝗灾。“巴铁”派遣空军优先派送抗疫物资来中国，而自己抗击蝗灾的物资则在排队等待运输。

当一些国家陆续取消中国航班或限制中国公民入境的时候，柬埔寨首相洪森乘专机飞抵北京。他说：“我临时决定在此特殊时候来华，就是为了展示柬埔寨政府和人民对中国政府和人民抗击疫情的大力支持。”

这是一份不完全统计的物资捐助清单：

蒙古国送来3万头羊。

缅甸向武汉捐赠200吨大米。

拥有130万人口的赤道几内亚，捐助中国200万美元。

国土面积最小的梵蒂冈，捐助70万片口罩。

越南向中国捐助价值62万美元的医疗物资。

哈萨克斯坦捐助13.6吨医疗物资。

欧盟捐助12吨医疗物资。

…………

不仅有物质，更有精神支持：

比利时钢琴家创作歌曲《黎明的编钟声》为中国加油；

印度沙雕艺术家苏达森·帕特尼克在海滩创作“抗疫”雕塑；

日本在代表性建筑——东京晴空塔上亮起中国红，大阪的道顿堀商业街挂起横幅，写着“挺住！！武汉！”，松山芭蕾舞团集体用中文高唱《义勇军进行曲》……

这些细密的情谊，中国都一一珍藏于心。

涌泉相报

好不容易，我们艰难地熬过了疫情高发期。

新冠病毒却开始在其他一些国家蔓延。

2月20日之前，意大利只有3例确诊患者，不到一个月的时间，当地就飙升至2万例，并持续激增。

日韩两国确诊人数激增，伊朗多名领导人感染，意大利“封国”，欧洲成为抗击新冠疫情的重点地区，美国危急……全球确诊病例快速增长。

此时的中国，抗疫仍在持续，又马不停蹄地援助他国。

中国—意大利：云海荡朝日，春色任天涯

“这是我们的至暗时刻。”当地时间3月9日晚，意大利总理孔特在接受意大利《共和国报》采访时说。

紧急关头，中国火速派出四川华西医院医疗队，携带31吨医疗物资前往支援。

其实，四川和意大利的渊源由来已久——

1988年，意大利无偿捐助四川建立最大型的急救中心；

2008年，汶川大地震，意大利派出救援队驻扎重灾区，解救近900名伤患。

他们不图回报，却在中国埋下一颗善意的种子，发芽、生长，成为大树，最终回馈意大利。

云海荡朝日，春色任天涯。

中国在支援意大利的物资上，写下这样一句诗。共盼疫情早日过去，真正的春天早日来临。

在武汉疫情暴发时，意大利向中国捐赠4万片口罩；意大利疫情暴发后，中国回赠数百万片口罩。这是中国式报恩：“you滴答滴答me，I哗啦哗啦you。”

中国—伊朗：亚当子孙皆兄弟，兄弟犹如手足亲

伊朗有句谚语：“穷困中见朋友。”

当初，中国最紧急的时候，伊朗捐赠100万片N95口罩。这一次，中国也派出顶级专家，携带医疗物资到达伊朗，将医疗经验倾囊相授，帮助伊朗建立起自己的方舱医院。

“亚当子孙皆兄弟，兄弟犹如手足亲”是古代波斯著名诗人萨迪的名句，写在中国大使馆捐赠给伊朗人民的战“疫”物资上。

这句话还悬挂在联合国总部，成为国与国和平共处的行为准则。

中国—日本：一衣带水，源远流长

日本告急，中国毫不犹豫地伸以援手。

先是紧急向日本捐赠一批病毒检验试剂盒，2月27日、28日，又捐赠5000套防护服和10万片口罩。

在日本东京街头，一名中国女孩戴着小鹿头套，抱着一箱口罩免费派发给路过的日本民众。箱子上写着：“来自武汉的报恩。”

曾给无锡捐赠4500片口罩的日本丰川市，一度防护物资紧缺，市长“厚着脸皮”小心翼翼地向无锡喊话：“之前捐赠的口罩，如果没用完可不可以返还一些？”

无锡立即回应，将5万片口罩打包发往日本，还附赠了祝福：

一衣带水，源远流长；

隔海相望，樱花满开；

众志成城，战“疫”必胜。

中国—韩国：道不远人，人无异国

2月下旬，韩国一度成为海外确诊人数最多的国家。

中韩两国休戚与共，10万片N95口罩、100万片医用外科口罩、1万套医用防护服、5万人份检测试剂盒陆续送抵韩国。

2月27日，中国驻韩大使馆紧急筹备2.5万多片医用外科口罩驰援韩国大邱市。

在此次援韩物资上，中国大使馆用中韩双语写着“道不远人，人无异国”。

这句诗出自古代朝鲜知名的汉学家崔致远之手，意为：道义相通，不会因为国家不同而产生距离。

中国—塞尔维亚：铁杆情谊，永以为好

“唯一帮助我们的是中国。”塞尔维亚总统武契奇宣布该国进入紧急状态后，含泪向中国求助。

中国第一时间做出回应，首批援助物资3月15日连夜抵达。

3月22日，中国的医疗队抵达该国首都贝尔格莱德，并带去十几吨的防疫物资，包括呼吸机、口罩、检测试剂盒等。

武契奇用塞尔维亚的最高礼遇来迎接中国医疗队。

“这份恩情，塞尔维亚人民永远不会忘记。他们向我们展示了什么是患难之交！”

其实，中塞两国的铁杆友谊，很久之前已经开始了。两国曾有过生死与共的关系，塞尔维亚也是第一个实施对中国护照免签的欧洲国家。汶川大地震时，这个并不富裕的国家为中国提供了10万欧元的物资援助。

早在2月13日，武契奇就公开发声：“我们想告诉中国人民，我们与你

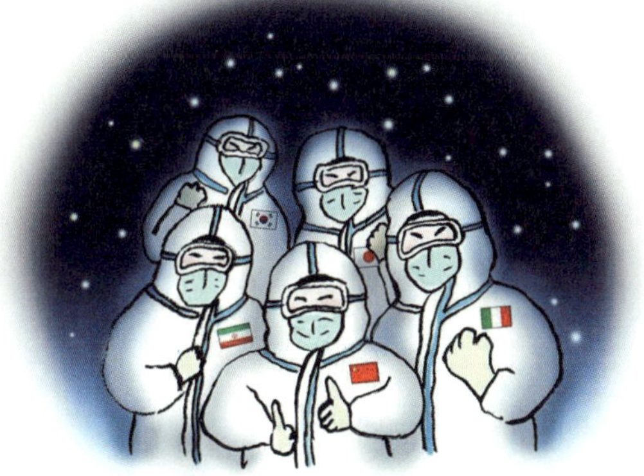

黑夜消失 黎明获胜

们同在，作为一个小国家，我们能做的，就是随时做好准备，提供帮助。”

这样的铁杆情谊和拳拳之心，使两国世代并肩，风雨共进。

我们始终携手与共

截至3月20日，中国政府已宣布向80多个国家和地区，以及世界卫生组织、非洲联盟等国际和地区组织提供紧急救援，共享中国的战“疫”经验，开展国际合作。

这些救援，并非仅为投桃报李，中国更从各国医疗能力及疫情状况出发，给予各国所需要的帮助。

没有狭隘的民族主义，只有同甘共苦，共渡难关。

关于新冠肺炎疫情，《人类简史》的作者尤瓦尔·赫拉利曾表示："历史表明，真正的保护来自可靠的科学信息共享和全球团结一致""流行病在任何国家的传播都会危及整个人类，因为病毒会演化"。

其实，人类的灾难远远不止新冠肺炎。我们在帮助其他国家的同时，也是在帮助自己。

人类需要守住自己和病毒的边界。人类更需要团结起来，应对每一场灾难。

"这是危机，也是机遇。"赫拉利说。

如果人类能从这次疫情中学会更加紧密地合作，学会把全人类的共同发展作为目标，我们将无惧未来的任何危机，并战胜任何困难。

重新起航

复工！复产！复苏！

疫情渐渐得到控制，人们对生活的忧虑和渴望，逐渐盖过对疾病的恐慌。经济话题，重新回到人们的视野。

各地陆续复工、复产，学校也有序复课，越来越多人恢复正常生活。

街上的车慢慢增多，汽笛声盖过了猫狗的叫声，地铁、公共汽车恢复拥挤，城市越来越有生机了。

烽火连三月
复工抵万金

中国像一棵熬过寒冬的大树，一场春雨过后，不知不觉中，又长满嫩绿的新叶。

春天，在疼痛中睁开了眼睛。

但那份警惕永远都在，大家每天都像走钢丝一样，小心翼翼、如履薄冰。

吃一堑长一智，我们不能再一次掉进病毒的陷阱。

这段时期，催生了很多新事物，这些关键词像是特殊时期的一个记号，很特别，值得记录并留念。

远程办公

“2020年春节期间，中国有超过3亿人远程办公，企业规模超过1800万家。”

说起远程办公，你一定不陌生。这曾是无数人梦想的生活状态：不用出门，不用挤地铁、赶公交，不用洗头，不用化妆，可以睡到上班的前一刻，在床上用最舒服的姿势办公……

真的是这样吗？

事实上，为了让千里之外的员工保持良好的工作状态，企业可谓费了九牛二虎之力。

“远程办公族”晨起，面临的是上班打卡、晨会、无数的语音或视频会议，下班得汇报工作进度……甚至由于人数过多，在线办公平台难以支持，卡顿、断网等现象频频出现，“恍惚的回声”“定格的人脸”一度令会议陷入“瘫痪”，要么重新调整设备，要么重复关键信息，沟通成本大大增加。

更令人难过的是，在家里办公还面临着种种不可控的因素：老爸老妈喊你吃饭，孩子缠着要人陪，宠物趴到电脑屏幕前赶也赶不走……说多了只有“一把辛酸泪”。

这些其实都是小事情，真正严峻的情况是，手提电脑没带回家，家里没网络……

一个程序员，疫情发生的时候，她正在湖北恩施老家陪父母过年。无法回杭州的她，开始尝试就地办公，而大山里的信号非常弱，她试过家里的每一个角落无果后，终于在室外搜索到了信号。大雪纷飞的天气，她在车里开着手机热点办公，旁边放着丈夫送来的取暖器。

这样的故事，应该还有很多。

线上教育

受疫情影响，各类学校不能按时开学，全国学校基本都开启网络教学模式，“停课不停学”。课外辅导机构也纷纷转型线上，疫情成了线上教育的催化剂。

而说起线上教育，它的优势固然不容忽视，能实现不限地域的资源共享。但这也是有前提的——基础设施不能少。偏远或贫困地区的孩子，家里没有电脑或者没有网络，又该怎么办？

2月29日，广东省教育基金会为省内2000多个相对贫困村建档立卡，为来自贫困家庭的中学生提供平板电脑，用于疫情防控期间的线上学习。

网络信号尚未覆盖的一些地区，当地政府统筹解决，并给学生提供必要的线上教育设备。

线下教育会因此被线上教育替代吗？这种担忧其实大可不必。线下教育始终是主流，在线课堂是越来越来重要的补充形式。线上和线下的教育模式将会长期共存。

人是社会性动物，需要“真正地在一起”。

有孩子在日记里写到：好想回学校跟同学玩，怀念老师的粉笔头和骂人的声音。

“点对点”护送

随着各地复工、复产的逐步推进，不少务工人员表示“头大”。

“出不来，进不去，两头堵。”

“没车回，路上不安全。”

“到务工地点还要隔离14天，太久了。”

还有个别工作场合发生聚集性感染导致公司员工被隔离的媒体报道，更加深了人们的不安。

在2月23日的统筹推进新冠肺炎疫情防控和经济社会发展工作部署会议上，习近平总书记提出，鼓励低风险地区的农民工尽快返岗复工，采取“点对点、一站式”直达运输服务。

“点对点、一站式”，也就是全程护送直达。返岗复工人员在提前检测身体、确保健康的情况下，出家门、上车门、出车门、进厂门全程无缝衔接，并有医护人员陪同出行。

而按照“点对点”返岗的务工人员，只要行前14天内和在途没有相关症状，就可以尽快复工，无须再进行隔离。

截至3月7日，全国已经有27个省份推行此项服务。

各地复工、复产行动开始快速推进，湖北人民也在翘首盼复工。

终于，深圳发布消息，从3月19日零时起，持有湖北健康绿码，采取规定方式返深的湖北籍务工人员，不再实施14天居家或集中隔离。

接到复工电话通知，一名来自湖北的务工者喜极而泣：不出去，日子就快过不下去了。好消息真的来了。

杭州表示接受湖北籍务工人员返岗；广州开始施行有关复工政策……

湖北人民是国家经济建设者中的重要组成部分，我们需要隔离的是病毒，而不是深受其害的他们。

“硬核”防护装备

为了不给国家“添麻烦”，在复工、复产的同时，为了避免中病毒的“诡计”，有人决定动手改造防护设备。一时间，“硬核”防护装备成为疫情时期的“街头时尚”：

2月13日上午，广西柳州火车站惊现一名“女侠”，戴口罩和白色橡胶手套，头顶遮阳帽加斗笠，身披透明塑料薄膜。在斗笠的支撑下，塑料薄膜就像一层防护罩，从头到脚加以保护，连行李也被裹得严严实实。

有人拍下了一个身穿玩偶熊服装的人，在公路上毫无障碍、若无其事地骑单车。

还有人撑着一把大黑雨伞外加一个套住全身的黑色塑料袋，不仅吓人，还能把病毒“吓跑”。

辽宁大连一个阿姨把圣诞树玩偶服当防护服穿，下楼锻炼身体。女儿说，妈妈不是为了搞笑，她是在认真做防护，还佩戴了两层医用外科口罩。

不过，针对以上种种“创意”，医生说，大可不必，做到戴口罩和勤洗手足矣。

因为，最“硬核”的装备还是在我们身上。

还记得钟南山院士和张文宏教授说的吗？抗击新冠肺炎最好的药物是——自身的免疫力。

加强锻炼，拥有健康的体魄，才是我们真正要做的。

“命运”的关卡

如何才能进入办公室？这恐怕也不如往常那样理所当然。每个关口，都有保安“虎视眈眈”，举起手上的测温仪，朝额头或手腕处“嘀”一声，你是否惶恐不安，害怕过不了“命运的裁判”？直到他点头放行，你才深深地呼出一口气。

来看一下苏州工业园的入门步骤。

第一步：测体温；

第二步：摘掉旧口罩；

第三步：用消毒液洗手；

第四步：戴上新口罩；

第五步：信息登记；

第六步：贴上安全认证；

第七步：再洗一次手。

还有很多企业统一安排员工做核酸检测，检测合格才能正常上班。

公司在地面贴上了地标线：等电梯的间距为一米，人与人之间行走的间距为一米，排队干活的间距为一米……大家互为彼此的“平行线”。

还有淋浴式消毒、软件防疫打卡、工作防护培训……

历经“命运”的重重关卡，我们终于发现：能好好地走进办公室，开始工作，是一件多么有仪式感而美好的事情。

“高考式”食堂

“请各位吃饭时不要交头接耳，相互不许看对方的餐盘，给同伴夹菜按作弊处理”，一些企业的食堂，还有“监考”保安巡逻。

这就是风靡一时的“高考式”食堂。

员工错峰就餐，一是为了减少人员聚集，二是排队需保持一米的距离。还有的食堂采取打包分餐的方式，减少饭菜在空气中暴露的时间，不给病毒“占便宜”的机会。

每张桌子都摆着“一人一桌，面朝南方、右坐用餐”的铭牌。

如果两人一桌，中间必有硬板隔开。

实在没有桌子也没有硬板，又该怎么办？把凳子前后左右相隔各一米摆放，员工领餐到凳子上吃。

不知道大家吃饭的时候，会不会回忆起高三的时光。

云招聘

复工、复产，最宝贵的是人才。

随着各种“云文化”的兴起，“云招聘”也不甘落后。

“听得到吗？”

“听得到，听得到！”

“感谢您来参加我们的视频面试，请您自我介绍一下……”

20分钟不到，来自广东佛山一家企业的人力资源经理就通过网上招聘系统，面试了两名外地求职者。

“你在上一家单位，主要是从事什么工作的呢？方便介绍一下吗？”

“做五金……”

这是一间大会议室，人们坐在席位上，屏幕中赫然呈现一个正在侃侃而谈的“主角”。

别误会，这不是在看电影，而是杭州余杭与贵州天柱举行的网络云招聘会的现场，坐在席位上的是面试官，而屏幕上的正是远程面试者。

短短两个小时，有企业就招到十几名员工。网上签订合同，专机专列接员工到岗。

如果你应聘成功，来到公司报到，像不像一场大型的网友线下见面会？

共享员工

我们都知道共享经济，共享单车、共享充电宝……万万没想到，企业员工也能共享！

受疫情影响，批发零售、交通运输、文化旅游、酒店住宿等行业陷入低谷。据估算，春节前后，餐饮行业零售额仅7天内就有多达5000亿元的损失。

今年春节前后，人人“宅”在家里，通过各类电商app采购物资，订单如雪片般。一些大型电商平台由于订单过于密集，一度人手紧缺，出现数千人的缺口。

一边是“用工荒”，一边是“反正也是闲着”。怎么办？

“共享员工”的点子横空出世！一家电商平台决定向各家餐饮企业“借人”，既能缓解自身的运营压力，也能保障餐饮从业人员非常时期的收入问题，一箭双雕，获誉无数。

其他企业也纷纷“抄作业”，相继发布招聘公告，欢迎共享员工。一时间，医疗卫生、物流运输等行业相继启动共享员工的模式。

共享员工模式，让社会劳动力得以灵活分配，让资源匹配率大大提高。

“最颠覆的创新，往往来自最沉重的危机。”

浴火重生

如同非典疫情过后线上经济模式的兴起，这次疫情也带来了方方面面的变革：线上科技和合作模式将更加活跃，人和人之间的关系更加密切；引发人和自然关系的深度反思；推动“互联网+医疗”进一步发展；智慧城市的持续构建和完善……

凤凰涅槃，浴火重生。

多难兴邦，每一次灾难都让国人、让社会炼就更强的“免疫力”。

灾难永远不会被忘记，我们将负重前行。

像那生命力旺盛的青草，野火烧不尽，春风吹又生。

这几个问题，疫情给出了答案

被疫情困住，宅在家的我见证了这段时间的人间百态。

太多平常却扎心的故事，让我重新审视了很多问题，比如：

人为什么要结婚？

人为什么要生孩子？

人为什么要交朋友？

爱人，孩子，朋友，他们到底有什么用？

这些问题是人们时常讨论的。而疫情之下，我看到它们被注入了新的、更现实的内涵。

人为什么要结婚？

《南方都市报》记录了武汉一对“70后”患者夫妻的故事。故事平常而真实，但让人重新认识了什么叫“夫妻”。

张小薇，爱唱歌，参加了一个60人规模的合唱团。2020年1月初，合唱团组织了两天的聚会。大家一起吃饭、唱歌，玩得很开心。但噩梦也由此开始。

事后得知，十几个团友感染新冠病毒，三人去世，一人失去联络。聚会一周后，张小薇开始头疼，而且越来越厉害。第三天，她实在忍不了，去楼下的卫生院打了一针。可是，打完针后，头更痛了。丈夫吴海蓝带她去了武汉市中心医院，结果发现候诊人群在发热门诊排队。吴海蓝赶紧想办法联系了另一家医院，带着张小薇匆匆赶过去。等待挂号时，张小薇已经站不稳了。他们被告知已经没有床位，好不容易才临时在过道加了一个床位。

安顿好妻子，吴海蓝也开始有了状况。1月16日，他发烧到39℃。17日，39.5℃，吃了药烧也不退。之后两天，他一直在打点滴，但身体状况急转直下，呼吸困难，极度虚弱。曾经健步如飞的他，短短几天，就奄奄一息了。

还在住院的张小薇心急如焚，一心给他联系医院。她在病房里拨打120、12345、110……能想到的渠道都想过了，能求助的朋友也都找过了，但是，所有医院都住不进去。最后，她和医生艰难地想出办法：让吴海蓝作为家属住进张小薇的房间，以便接受治疗。当天晚上，吴海蓝躺在妻子旁边。他原以为自己熬不过那个晚上了，却不想，自己等来了天亮，而且症状明显减轻了一些。

缓过气来的吴海蓝回到家中。好在女儿及时托付给孩子的舅舅照顾。之后几天，极度虚弱的他陆续听到了多个朋友去世的消息。每听说一次，夫妻俩就各自大哭一场，然后两人相互安慰、鼓励。在内心极度脆弱的时候，夫妻俩就这样彼此鼓励，一天天熬过来了。

吴海蓝的身体在慢慢好转。张小薇每次情绪崩溃都会给他打电话，吴海蓝也总是秒回她的信息，哪怕是凌晨3点……在经历了常人难以想象的艰难后，正月十三，张小薇终于治愈出院。吴海蓝带了一件红色外套，把妻子接回了家。跨越生死重逢，两人百感交集，也更加懂得对方在自己生命里的分量。

患难见真情。所谓夫妻，就是平时吵吵闹闹，一旦遇到困难，会携手同心、一起作战的人。

人为什么要结婚？

很多单身人士喜欢说：“我一个人也过得很好，干吗非要找个人一起过？”是的，我也赞成“低质量的婚姻，不如高质量的单身”。但我们同时也要思考：这种“高质量的单身”是不是可以长久维持？

风和日丽的时候，一个人自由快乐，当然很好。可万一遇到麻烦呢？就像这次疫情。如果你被感染了，快撑不住了，而医院床位爆满，住不进去，谁会拼了命给你找床位？当你直面死亡，精神几近崩溃，谁是你最后的精神依靠？谁在拼命鼓励你甚至凌晨3点还秒回你的微信？

极有可能，是你的爱人。第一，你们有多年情分，第二，你们是利益共同体。

人类社会延续这么多年的婚姻制度，不是没道理的。孤身一人单打独斗，有时真的会很无助。而两个人在一起，就会强大很多。

现在日子常常平顺，让我们几乎忘了尘世之多艰，个人之脆弱。其实一辈子这么长，我们不知道要遇到多少大事小情、大病小灾。而当你快要倒下去时，爱人，就是那个在身后全力撑住你的人；那个平日里好像很烦的人，多半是你最艰难时刻最坚实的依靠。

人为什么要生孩子？

除了爱人，第二个靠得住的，就是孩子。尤其是当我们老了以后。

因为疫情来得突然，武汉各大医院爆满。很多老人病了，都住不上院。这种时候，谁会管他们？

儿女。一个个心急火燎地帮父母想办法，不停地查消息、找医院、托朋友……竭尽全力给老父老母谋一个救命的床位。

情况就是这么现实。

之前常有人说，干吗非要生孩子，老了住养老院，有人照顾，还有一群老伙伴，不是很好吗？可那是理想状态。万一遇到现在的情况——生病了，却一床难求。怎么办？

别说“我到那一天就算了，放弃了”。真到了那天，你极有可能是不会放弃的。求生欲，会让绝大多数人抓住一切能活下去的希望。

当然，孩子的现实意义还有很多。比如，他能给你传递信息。人老了，会追不上时代的变化。别以为你现在很厉害，四通八达，老了也会不差事。为什么这次疫情开始时，很多老人不肯戴口罩？不是他们不惜命，而是他们不知道究竟发生了什么，不清楚事态的严重性。多半都是他们的孩子第一时间了解到情况，第一时间抢来了口罩，然后跑回来让他们戴。

当然，不只在疫情期间。平日里，孩子也是老人和世界之间的一扇门，他给你买新款电饭煲，教会你聊微信，告诉你每天发生了什么事……他就是你的新鲜空气，是你晚年伸向外界的触角。

所以，人为什么要生孩子？我们可以说出100个理由，而其中最原始、最现实的一个就是：当你垂垂老矣，你是真的需要他们。这就是现实。

人为什么要交朋友？

除了爱人、孩子，我们的生活还有一道防线：亲朋好友。

张小薇和吴海蓝夫妻双双中招，孩子就交给了舅舅代为照顾。如果没有亲友，是不是就会很为难？这次疫情中，类似的情况很多。有一个家庭，7口人全部感染：3岁的孩子，孩子的爸爸妈妈、爷爷奶奶、姥姥姥爷，全都住院隔离了。全靠亲友、同事给送些吃的。

还有一个6岁的小女孩，爸爸疑似感染，隔离了；妈妈也出现不适，必须去检查。小女孩只能一个人待在家里。妈妈出门前，哭着嘱咐她：你一定要乖乖的！

妈妈的哭腔，让人听得特别心酸。

我们不妨设想一下：如果两口子都被隔离了，父母又因为“封城”过不来，谁来照顾孩子？

这个问题并不极端，因为类似的事情，日常也会遇到。比如：你生病了，需要爱人全力陪护，那孩子怎么办？只能托付给亲戚、朋友、邻居。所以，人生在世，真的需要维护一个基本的社会关系网，除了生存所需，万一他日遇急，才有人能替你顶上去。意识到这个问题，你就明白了我们平时为什么要和亲戚、朋友、邻居好好相处，是情感需要，是文化礼节，也是现实考量。

我们在城市生活久了，会有一种错觉，以为在规范有序的社会，一个人就能活得很好，不需要什么亲戚邻居、同事朋友。但事实上，我们每一个孤单的人，真的都太渺小、太脆弱了。万一来一阵风暴，你可能瞬间就被推向绝境。而如果你生活在一张人际关系网里，就会有四面八方的力量托住你。这张网，我们平时生活其中，常感不适，觉得被约束，不自由。但事实上，一旦遇到事情，它就是你的“保护伞”，它真的很有用。

所以，从最现实的角度，给你几个小建议：

第一，跟父母、兄弟姐妹尽量住在同一个城市，以便互相照应；第二，有比较处得来的亲戚，尽量多维护关系，多走动，关键时刻，亲戚往往更靠得住；第三，邻里之间要好好相处，别人有需要时多伸援手，互助互爱；第四，同学、同事、朋友里，最好有那么一两个知心的、不拿彼此当外人的，说不定什么时候，他们就成了你的救命恩人。

总之，要建立起一个自己的亲密关系网，身边得有几个指望得上的人。这些建议也许功利，但也很现实。人活着就是现实的命题，有些事情，必须直面。

人，世间最珍贵

有句话说：晴带雨伞，饱带干粮。

是的，人必须学会未雨绸缪。我们必须要在风和日丽的日子里，去想象寒夜暴雪时该怎么办。因为人生的变数太多了，天气不可能一直那么好。生活看似平坦，实则危机四伏。千万别到了绝境，才发现身边空无一人。

当狂风暴雪袭来时，谁能拉着你的手，陪你一起走？第一，爱人；第二，父母、孩子；第三，亲友。他们，就是当你艰难无助时，为你挺身而出的人；就是当你心急火燎时，解你燃眉之急的人；就是当你走投无路时，二话不说拉你一把的人。

他们，就是你人生中最宝贵的财富，就是最值得你好好珍惜、好好去爱的人。

这些教训，不能忘！

新冠肺炎疫情来势之凶，疫情传播之烈，范围扩散之广，全社会面临的挑战和压力之大，堪称前所未有。

是的，能让14亿人、全球数十亿人口都待在家里不敢出门这种事，真是史无前例。

被“关起来”的这段时间里，我们担忧、焦虑、感动、期盼……好像每个人，都经历了一次灵魂洗礼。

体验了无数种情绪，也忽然看懂了很多事。

下面这些教训和启悟，我们不能忘。

健康是王道

新冠肺炎有个关键的特点，就是至今没有特效药。

自身免疫力很重要。

和确诊者接触，有没有被感染，很大程度上取决于你的免疫力能不能把病毒堵住、消灭。

感染了，能不能康复，很大程度上取决于你的免疫力能不能打败病毒大军。

现在很多人体力劳动少，不是在家坐着，就是在办公室坐着，加上生活方式不健康，比如：睡得太晚，吃得太多，压力太大，导致体质越来越差，免疫力越来越弱，一点风吹草动都扛不住。

所以疫情之后，我们真的要好好关注自己的健康了，好好吃饭，好好睡觉，好好运动。

在疫情中逝去的人用生命在提醒我们：健康是一切的根基，健康没了，真的就啥都没了。

人还是要有真才实学

这次疫情，谁获得了人们的尊敬？

钟南山院士、李兰娟院士、王辰院士、张文宏教授和无数科研人员、医务工作者。

真正在和病毒斗智斗勇的，是他们。

是他们发现了这是什么病毒，靠什么方式传播，应该怎么对付。

虽然没有特效药，但他们的努力，对控制疫情帮助甚大。

所以，他们赢得赞赏和尊敬。

你可能会说“时势造英雄”。

不。他们不只是凭时运。

他们本来就是有能力，有才学，有担当，让人尊敬的好人。

本来就是说真话，干实事，真真正正为老百姓着想的好人。

所谓时势造英雄，不是时势把一个平凡人变成英雄，而是一个个本来就很厉害的人，因为时势被大众看见了。

你有没有发现，我们的社会，正在越来越尊重有真才实学的人。

因为，嘴上抹蜜只能哄人高兴，腹有学问才能解决问题。

所以，我们还是要努力修炼真本事，具备解决问题的能力，努力做个实干家。

同时也要给孩子树立正确的三观：要做一个有真才实学的人、对社会有用的人。

这个世界从来不缺有钱人，不缺文化人，不缺长得好看的人，缺的是那些能干、真心、正义、勇敢、善良的人。

我们要努力“捧红”这样的人，让这个世界变得更好。

学会换位思考

疫情之初，很多“逃离”武汉的新闻，很扎眼，也惹来很多骂声。

但后来我们慢慢看到了更多真相。

因为武汉患者太多，“一床难求”，很多人住不上医院，只好往外跑。

换作我们自己，我们走还是不走？

所以，我们只能对那些大义留守的武汉人，表达敬意。

而离开的人，如果他们做好了防护隔离措施，第一时间上报，没有感染其他人，我们无权指责。

人不能总是站在上帝视角，拿最高的道德标准要求别人。

因为疫情，很多国家从武汉撤了侨。有些网友就生气，说这样不厚道。

可你想想：当国外发生疫情或其他危急事件时，我国不也是第一时间撤侨吗？

我们看到自己国家接回同胞，就觉得很棒，很骄傲。别国把他们的国民接回去，为什么要受到指责？

这显然没道理。

换位思考一下，你就会明白，都很正常。

人不能总站在自己的角度想问题。学会换位思考，才能客观、公允、不糊涂。

稳定的工作还是有优势

世道安稳繁盛的时候，稳定的工作常常是束缚，被人诟病。

不过一旦遇到麻烦，“稳定”立刻成了优势。

一个在体制内工作的网友说，她以前一直想跳出那个圈子，好几次差点辞职。

但疫情发生后，她看到朋友停工后暂时没有收入却还要支付房租，顿时心有余悸。

我以前总抵触家里的长辈老想给我找一份“正式工作”的用意。

但现在明白了，他们有他们的道理。

这次疫情，让很多人意识到攒钱、结婚、生孩子、找稳定的工作等的重要性。

长辈的经验几乎全胜。

所以，以后也别不由分说地否定长辈了。有时候，姜确实还是老的辣。

每个人和每个人都息息相关

我平时很少有兴趣关注别人在干啥，所以特别不理解有些老太太为啥那么爱管闲事。

但这回我懂了。

活在这世界上，没有谁是孤岛。

一开始只是个别人感染，但很快，演变成全国甚至波及范围更广的事件，没有人能独善其身。

全国各地切断交通，停工停学。如果没有各地援鄂医疗团队的一往无前，没有全国乃至全球的志愿者、爱心人士和企业的驰援，疫情的防控现状将无法想象。

所以人爱管一些闲事，可能算不上是毛病。

看见有人在做坏事，我制止了，这可能就是在保护我自己。

当然，我看见你做好事，我鼓励你，美好就能一直传递下去。

防患于未然

很多人不知道，这次湖北几乎整个沦为重灾区，但有一个地方，做得非常好。

就是潜江。

截至4月，潜江确诊病例数排在湖北省倒数第二，仅高于神农架林区。

这不是他们幸运，而是他们行动早。

潜江是湖北第一个采取类似“封城”措施的地方，比武汉还早。

1月17日，潜江就已经开始行动了：果断把32个疑似病患集中收治、隔离治疗。随后停止所有娱乐活动，出台了严格的禁足令。

潜江市委书记在接受央视主持人白岩松的采访时说：“我和市长得到相关消息后，觉得这个事太大了，所以我们先下手了。”

敏锐、实干的市委书记、市长，守住了一方水土，没有让疫情大范围蔓延。

当地人都很感谢他们。

小火好扑，大火难灭。

防患于未然太重要了。

这也给我们普通人一个深刻的教训：在工作、生活中，发现问题，要及时解决，千万别疏忽大意，别心存侥幸，别给自己留隐患。否则，你可能要付出十倍百倍的代价来弥补。

一切皆有变数

大年三十晚上，我们全家还在计划着初三回老家走亲戚的事。

但是正月初一，我就感觉好像不能去了。

跟老人说，他们觉得不可思议："那哪成啊！过年怎么能不走亲戚？"

到了初二，老人也意识到了，主动说"不去了"。

多少年来，春节走亲戚的惯例，就这么改了。

不只走亲戚，逛公园、看庙会、赏花灯……很多年俗或传统，今年全改了。

绝大多数国人，基本都规规矩矩"闷"在了家里。

这在两个月前，完全是不可想象的事情。

这次疫情，又一次告诉我们：没有什么事情是"必须""应该""无论如何都要"做的。

一切皆有可能，一切皆有变数。

所以，我们要保持一种灵活机动的生活态度，不固执，不刻板，随时准备应对变化。

这样，遇事才好拐弯，才好理顺心情。

独立生活的能力很重要

有个在湖北打工的小伙子，过年没能回家。

自己不会做饭，餐馆和外卖又停了。他基本就靠面包和方便面过了一个月，导致看见方便面就想吐，但还是得吃。

他说：以前吃外卖很快乐，谁想到会有今天！

是啊，现在社会分工越来越细：吃饭可以点外卖，出门可以坐出租车，清洁可以找家政……这让我们产生了一种错觉，好像只要有钱，就什么都不用愁了。

但我们没想到，忽然有一天，会没有外卖，没有出租车，没有钟点工，没有了熟悉的理所当然。

怎么办？

很多人就傻眼了。日子过得一塌糊涂。

所以，光有钱还不行，你自己也得有基本的生存能力。

一个成年人，怎么也得会做几样菜，会拖地、洗衣服。在没人帮助的前提下，自己也能活得差不多。

小孩子也是。这一次，湖北的很多家庭，夫妻俩都感染了，要隔离，要打针，孩子只能托社区照顾。社区工作人员又很忙，一般超过四岁的孩子，很可能就得自己一个人在家了。

那他们起码要会自己吃饭、喝水、冲厕所、打电话，然后还得知道不能碰电源、动煤气、爬窗户……

有时你对人生所有的规划
抵不过
命运一次不怀好意的安排

这些事情，如果之前都没掌握，就会很麻烦。

所以，父母一定要及时教会孩子力所能及的生存能力和常识，别总以为“没事儿，有我呢”。

人不能总往好处想，天有不测风云，万一哪天发生意外，孩子必须一个人留在家里，能不能行？

这是我们必须考虑的。

有些社交，毫无用处

以前我们总觉得社会关系很重要，一次饭局不参加就担心自己被抛弃了。

其实这几个月谁也没见，好像也没少什么。

人可能真有70%的社交纯属浪费时光。

那以后就收一收吧。

没多大用，又很耗心力的东西，赶紧断舍离。

摒弃无用社交，把时间用来学习成长，用来陪伴家人，用来独处，用来拾掇兴趣，更有意义。

珍惜平常的日子

武汉有个外卖小哥，之前喜欢拍摄武汉热闹的街头。

但忽然间，街上空无一人、寂静无声了，他心里就特别难受，经常一边骑车一边哭。

面对记者采访，他也忍不住哭了：“现在都没有人，大街小巷都没有人，武汉不该是这样的啊……”

是啊。

我们曾经多么熟悉和习惯那个人来人往的繁华街头。

我们以为世界将永远如此。

谁想到，忽然之间，大街小巷都没有人了……

远离那些影响你情绪的人
他们除了给你添堵
什么都给不了你

当然，这只是我们的一次小危机。过不了多久，人间繁华依旧。

可是，如果下一次是更凶猛的危机呢？海平面急剧上升，或是一场难以扑灭的大火，或是地球被小行星撞击……

如果我们不能轻易地躲过，人类失去了家园，流离失所，崩溃绝望，那时再回过头看今天，看这个平常而繁盛的世界，我们会不会觉得，一切怎么那么好？

所以，别总嫌弃街上人多，地铁拥挤，外卖送货不及时，一个秩序正常的社会是多么宝贵和难得。

所有的繁盛，都不是天经地义。我们应该庆幸，应该珍惜。

学会判断真假

这次疫情，谣言花样百出：

吸烟喝酒能抗病毒。

鼻子下面抹香油能防传染。

火神山被大风刮跑了。

…………

这些谣言，很多一看就是无中生有、胡编乱造的，但偏偏有很多人信。

世界就是这样：

总有那么些人，闲着没事造谣“玩”，唯恐天下不乱。

也总有那么多人，没有分辨能力，别人说什么都信。

你说宁可信其有不可信其无，也没坏处吧？那个在彻夜排队抢购双黄连口服液时被感染的人可能不同意！

其实很多人还没意识到，现在是个“全民发布”的时代，谁都能运作公众号，写微博，拍短视频，发朋友圈。

我们根本无法保证每个人的信息都是可信的。

有的人，就是会为了流量胡编乱造，吸引你看，吸引你转发，流量增加后他们就能“变现”。

还有的人根本赚不到钱，但也热衷造谣，觉得大家都被骗了，很过瘾。

所以，在这个人人都能传播的社会，我们必须保持清醒的判断力。

世间所有的惊喜和好运
都是你积累的人品和善良

关于信息识别，有三个小经验分享给大家：

一、尽量关注官方媒体。官方媒体是很在意公信力的机构，对自己要求严格，比较可信。

二、每个自媒体、社交账户发布的信息，其实靠谱程度千差万别。你一定要多留意，看看谁一直以来都比较靠谱，说的基本都对，谁总是哗众取宠，捕风捉影。这样时间长了，你就知道该信谁了。

三、尽量不去相信特别离奇的、连你自己都觉得显然没道理的信息，就当没看见吧。

人活着，永远不要人云亦云，听风就是雨。

保持独立思考，对事情有清醒的判断，才能活得明白。

坏人不少，但好人更多

这次疫情里，可能很多人都发现了：坏人是真坏，好人是真好。

还真有一些明知自己可能感染，还到处乱跑、刻意隐瞒，故意把病毒传出去的人。

坏人不少，但好人更多。

也真有不顾自己安危冲上一线的医护人员，有大手笔捐钱捐物的普通人，有二话不说奔赴武汉的志愿者，有千里迢迢往国内运物资的华人华侨……

这些善良的人，无数次让我感动落泪，也让我更加相信了那句老话：世上还是好人多。

世上还是好人多，这件事很重要。

这也是我们爱这个世界的最大理由。

记住2020

疫情总会结束。

但我们应该永远记住2020年，因为我们每一个人真的付出了很多。

这个春天，来之不易。

人这辈子，长路辗转，离合悲欢，什么事都可能碰上。

所有的经历，都是成长。

如果一次灾难，能让全体中国人以后都活得更通透些，那我们也算没白受这场罪。

疫情过后，这件事一定要改

01

1月底，湖北黄冈。

一个男人为了出去打工，划着木盆渡过长江，到了江西九江。

一个木盆，一个水桶，一根木棍。就这么“横渡”了长江。

他不是感染者，也不是恐慌者，他单纯是为了出来打工赚钱。

江西的民警发现了他，把他劝返了。

这个匪夷所思的新闻底下，很多网友笑称渡江者“太逗了”“是个狠人”。

而我丝毫不觉得好笑。

我只觉得辛酸，只想知道他回去后该如何生活。

如果不是迫于生活的压力，谁会想到这么一出“狗血”剧本？

如果能好好待在家吃苹果、玩手

机，谁会在这种时期费这么大劲冒险出门？

还不是生活所迫。

经济基础，很大程度上影响抗风险能力。

疫情一来，赚不到钱了，生活到处是大窟窿。

这才不得不冒险出去工作吧。

多辛酸。

02

木盆渡江的故事有点极端了。

但这次疫情中，为钱所困的人比比皆是。

前两天我一个微信群里的朋友讨论复工的事。

两个人几乎“互掐”起来。

A说：“疫情还没控制好，着什么急复工啊，加重了疫情得不偿失。”

B说：“不复工吃啥？你肯定很有钱，像我们这种做小生意的，手停口停，上有老下有小，还背着房贷，再不复工，日子都过不下去了。”

A说：“钱重要还是命重要？”

B说：“比起病毒，我更怕没钱。”

这俩人我都很理解。

他们都没错，处境不同而已。

还有个读者给我留言，也很辛酸：

她和老公是开快餐店的，在车站旁边租的店面。生意一般般，好不容易攒了点钱，去年贷款买了房。疫情一来，收入没了，卡上就700块钱。可是每月要付1万元房租、4000元房贷，一家人至少需要2000元的生活费……

她每天焦虑得睡不着，老公的情绪也很糟，两人整天都像炸药一样，一碰就炸，不停吵架。

一句话、一块豆腐，甚至一个眼神都能让他们吵起来。

疫情刚暴发时，一次性口罩卖到8块钱一个，她咬咬牙买了俩。20多天，她和丈夫出门就全靠这俩口罩，都快戴烂了……

她说：没钱真的太难了。就盼着快点开工……

我看得揪心。

而她的情况，应该不是个例，像这样在疫情期间断了收入，举步维艰的人，不知还有多少。

互联网有个话题：疫情结束，你最想去见谁？

获得最高赞的回复是：我谁都不想见，只想快点出去挣钱。

还有个热门话题：疫情让你明白了什么？

一个高赞答案是：不是工作需要我，而是我需要工作。

下面有人回：不是你需要工作，是你需要钱。

正解。

平日里，很多人过着“月光”甚至负债的生活。

受疫情影响，忽然断了收入，马上出现生活危机，生活费、房租、水电费、信用卡还款……全都没着落了。

想想就焦虑。

所以，这次疫情，让很多人明白了：生活无常，好好工作，多赚点钱，尽量攒点钱，真的太重要了。

否则一旦出现意外，真是哭都找不着调。

03

2月12日，重庆璧山，一个小伙子骑摩托车上高速公路，被执法人员截下来。

小伙子是个教练，受疫情影响无法工作，也就没了收入来源。

眼看日子过不下去，他只能卖掉摩托车，但是他必须自己从湖南骑着去成都交货。

他说，平时一个月工资三四千元，攒了一年的钱，又贷了点款，才买了这辆三万多元的摩托车。

谁想，刚骑了三个月，忽然来了疫情，他连肚子都填不饱，只好把它卖了。

小伙子哭得很崩溃。

但我觉得有点活该。

月薪三四千，还敢贷款买三万多的摩托，结果导致自己没有一点抗风险能力，出点意外就傻眼了。

这不是自作自受吗？

有个词，叫“无产中产阶级”。就是明明是没有资产的人，却过着中产阶级的生活。

也就是传说中的“精致穷”。

比如：

花一年的工资，买一辆很拉风的摩托车；

花三个月的工资去欧洲旅行；

月薪3000元，要背2000元的包，买3000元的鞋，办6000元的健身卡……

朋友圈光鲜靓丽，口袋里空空如也。

此前，人们对这种活法一直争论不休：有人觉得“还是省着点花吧”；有人说，“我就是要对自己好一点，怎么了？”

平时也看不出怎么了。

但一旦遇上点事儿，这些“隐形贫困人口”就悲催了。

因为他们完全没有抵御风险的能力，停发一个月工资就没法还贷、过日子了。

这样的人，就算不碰到疫情，遇上任何一个小的突发事件怕也扛不住啊。

所以这次疫情，重重地敲了一次警钟，提醒我们：

没钱，就不要超前消费，让家里尽量有点流动资金，现金为王，否则真的会很被动。

当前，消费主义盛行，商家竭尽所能地鼓动人们买买买、花花花，好像越舍得花钱就越是在善待自己。

于是越来越多的人抵不住诱惑，掉进消费主义陷阱，透支着自己的收入，还觉得理所当然。

直到有一天突发意外，两眼一抹黑，忽然明白过来：

高配摩托车、钻石项链都不能帮你养孩子、还房贷、交住院费、买米、买菜。

才知道关键时候，还是实实在在的人民币最好用。

所以，我们是时候冷静下来，反思之前的生活方式了。

如果你确实没那么宽裕，就不要盲目攀比，不要盲目追求高档生活了。

我们真的不用非得花2000块钱护理头发。

不是非得拥有20支口红、40双鞋。

不是非得用名牌香水和高科技吹风机……

经济实力不允许的情况下，不如节制一点。

别逞强，别打肿脸充胖子，别为了虚荣心而高消费。

省下钱来存一点，以备不时之需。

一个成年人，不但要看得见眼前的诱惑，更要看得见远方的危机。

朴素的生活不丢人。平时高消费，没钱了声泪俱下去求人，才叫丢人。

我当然不建议“牺牲生活质量拼命攒钱”，但也实在不赞同“明明没实力还玩命花钱”。

懂得享受生活和无节制消费是两码事。

在这两者之间，有个比较好的平衡点：银行卡上最好有相当于自己三个月收入的存款，以防万一。

中国人民银行做过一次调查，在问及“如果下个月有一笔约等于三个月工资收入的意外支出，你是否能全额支付”时，仅有35%的人选择了“完全可以”。

就是说，我们这个社会，大部分成年人的抗风险能力还比较弱，一旦意外到来，很难说能不能扛过去。

所以，如果你在这次疫情里真真切切地感受到“手里没钱，心里很慌”，那么请以后一定要节俭一点，想办法让自己和自己的小家庭有更强的抗风险能力。

04

其实，国家已经尽了最大努力为普通民众着想。

要求企业在延迟复工的日子里，也必须照常发工资。

允许受疫情影响的人，延后还房贷、信用卡。

呼吁房东减租。

最重要的是，新冠肺炎患者是由国家出资治疗的。

好在这次国家负担了治疗费用。

否则你想想：一些人动辄几十万的费用，有多少家庭负担得起？

但是，国家也只能在大的层面上，做些力所能及的事。

具体到每个人，依然非常考验个人的抗风险能力。

我之前看到一个小伙子讲，他疑似感染了，需要隔离。正好他家还有一套房子空着，他就躲到那里过了个年。

他要表达的是一个人过年的“孤单寂寞冷”，但我更关注的是“家里正好有一套空房子”。

这套房子多重要啊！虽然冷清，但刚好提供了一个避难场所，也很好地保护了他的家人。

没有多余房子的人怎么隔离呢？

条件好一点的可以找个酒店，自我隔离。

找不到或者住不起酒店的，就只能在家隔离了。

在家里的一个房间，把自己关起来，睡觉也戴着口罩。

但人总是要吃喝拉撒的，出房间上个厕所，病毒就可能传播，这无疑增加了家人感染的危险。

你看，虽说病毒招人，不分贫贱富贵，但生活条件好的家庭，确实能更好地保护自己。

做生意的也是。

比如经营早餐店的。你手上有点闲钱，能撑一段时间，就可以停工在家躲病毒。要是没钱，可能就不得不冒着被感染的风险去营业。

有时候，钱，确实能保平安。

生活就是这么现实。

所以，有可能的话，疫情之后，我们真的要努力多赚钱，尽量攒点钱了。

因为一遇到事儿，你就会发现，钱真是个好东西。

那些劝你攒点钱的人，不是在贩卖焦虑，而是金玉良言。

钱当然不是万能的，但没钱真是万万不能的。

作为成年人，应该对生活有一个明确的认识，对金钱有一个理性的态度。

要认认真真去想自己靠什么赚钱，然后努力打造自己赚钱的能力。

要提升自己，要开阔视野，要创造价值。

要踏踏实实工作，别一辛苦就打退堂鼓。

能赚钱的时候就多赚点，能省的时候就省一点，给自己留点余地。

因为关键时候，钱，真的有用。

别再冒犯大自然了！

01

武汉大学中南医院急诊科。

一个新冠肺炎患者因为难受，一直在病床上呻吟。

医生安慰她："放松，放松点。"

患者艰难而虚弱地说："我也想放松，我放松不了……"

"因为闷，难受是吧？"

"是，我难受……"

全副武装的医生拉着患者的手，他尽了全力，但因为没有特效药，医生能做的有限。

忙碌劳累的医生，焦灼痛苦的病人，人满为患的医院……

一种病毒的忽然造访，让我们措手不及。

02

自从明确新冠病毒"人传人"后，疫情发展迅速，几乎一天一个样。

早期，确诊病例数和死亡人数日日增加，患者中，有出生不久的小孩，有超百岁的老人，几乎覆盖所有年龄段。而且还出现无症状感染者，就是说，一个人可能已经感染了病毒，并会传染给别人，但他自己可能不知道也没有明显症状。

所以，人和人保持安全社交距离，几乎是唯一的解决办法。

事实上，我们也这么做了。

2020年的春节，大概是中国人最漫长的一个假期了：都窝在家里，不敢在外吃饭，不能出去游玩，更没办法像以往那样热热闹闹地团聚。

大部分社区有人把守，不让外面的车进来。

几乎所有村口都有村干部拦路，把走亲戚的人劝返，连隔壁村的狗都不许进……

人们在朋友圈自嘲：

春风十里
都在家里

这次，我们要过一个标准的鼠年了。

人们都钻进洞里，趴在窝里，竖着耳朵，鼓着眼睛，静静观察外面的动静。

我们要过一个“胆小如鼠”的年，一个戴上口罩只露出“贼眉鼠眼”的年……

的确是“胆小如鼠”。

特殊时期，很多老人连儿女来吃年夜饭都拒绝了。

也有许多人因为咳嗽几声就胆战心惊，生怕染上“那个病”。

一个武汉网友说，她因为着凉发烧，吓得没了魂，“第一次觉得死亡离自己那么近”。

03

网上有段话流传很广：

之前都是人把动物关在笼子里。这回，动物把人都关在家里了。之前为所欲为，胡吃海塞。现在，动物逼着所有人都戴上了口罩。

这就是大自然的警告吧。

人类曾经仗着自己的文明更进步一点，便愚蠢地以为自己是大自然的主人，随意索取、侵犯、残杀。

这次疫情，让人类再一次意识到：原来我们如此渺小。

一个野生动物身上的病毒，就足以让我们的生活大乱，让整个社会“停摆”。

而更多理智的人开始反省：这不是天灾，这是因为我们对大自然缺少敬畏。

来看看，我们一些人仗着自己是所谓的高级动物，都对大自然做了什么。

有些人热衷吃野生动物。吃果子狸，喝蝙蝠汤……津津有味。

有只小海龟无意间钻进了人类制造的垃圾堆里，不巧被一个金属环套住，无法脱身，只好终身戴着这个小小的环成长，金属环将它紧紧箍住，使它成年后的身体像是被拦腰斩断了。

这样遭受厄运的海洋生物不计其数。

很多人不知道，现在人类生活最大的垃圾场并不是废品回收站，而是海洋。

仅太平洋的海洋垃圾分布面积已达350万平方公里，远远超过了印度的国土面积。

如果继续下去，迟早有一天，海洋生态将无法负荷，人类也将无法生存。

2019年夏天，成千上万吨的垃圾涌上多米尼加（位于加勒比海的国家）的沙滩，清完一批，又涌来一批……

这是大海对人类的反噬。

由于人类破坏环境，无数动物流离失所。

北极冰川渐渐消融，在这片冰天雪里地生存了千万年的北极熊，快要活不下去了。

绝望等死的北极熊不会知道，为什么它们会没了食物，失去家园。

但我们人类必须知道，必须反省。

因为我们伤害的，绝不只是某一只海龟或一头北极熊、某一只果子狸或蝙蝠，而是整个大自然。

这次疫情，就是大自然给人类的一记闷棍，提醒我们：人类只是地球上的一个普通物种，渺小，且不堪一击。

希望今后，人类能接受教训，学会敬畏生命，敬畏大自然，占尽优势也不能为所欲为。

当然，不只对动植物，对人也是如此。

别耀武扬威，别欺负弱小，世间万物环环相扣，总有比你强大的。

04

其实，病毒已经在地球上存在了至少34亿年，几乎遍布每一个角落。

而我们人类的历史不过几百万年。

几百万年和34亿年，你说谁更适应这个星球？谁更有生命力？谁更应该敬畏谁？

设想一下，站在病毒的角度，这次疫情也许是这样的：

一种古老的病毒，存在亿万年了，它们不断进化，繁殖力和传播力越来越强。

它们也在不断寻找更好的宿主，从植物，到小昆虫，到更大的动物。

慢慢地，它们寄居在很多野生动物身上。

这些动物，我们的老祖宗应该吃过，但吃完以后病了或者死了，所以后来不敢再吃。

而那些病毒也就跟我们不再有什么关系，因为我们没什么机会近距离接触野生动物，大家井水不犯河水。

可是，老祖宗用生命总结出来的经验，在现代人这里，被打破了。

现代社会发展迅猛，科技越来越发达，人类也越来越欲壑难填。

他们不再甘心只吃老祖宗传下来的“营养、安全又健康”的食物清单，想要尝到新鲜的、奇怪的、与众不同的一切味道。

于是，那些携带病毒的野生动物被抓来，呈上餐桌。

随之，病毒迅速找到了更新更好的宿主：人。

人类的生活环境，远比野生动物更密集，更活跃，更适合病毒传播。

一场病疫蔓延开来。

人类，因为自己的无知、嚣张、胡作非为付出了代价。

05

社会发展越快，人好像越停不下来。大家都没有时间思考，只知道疯狂地向前冲。

我们越来越自大，越来越为所欲为。

我们以为自己是地球的主宰，以为自己真的可以战胜一切。

殊不知，一个小小的野生动物，就足以放倒无数人。

而这，也许只是大自然的一次小小警告。

如果人类还是一味地索取，不反省自己，不停止作孽，也许哪一次，就真的是灭顶之灾。

当然，大自然不会只报复作孽的人，它会迁怒整个人类。

所以此刻，我们是时候大声疾呼，喊醒我们的同类了：

停止作恶吧。

人不能只想着自己，只顾着满足自己的欲望。

我们从来就不是地球的主宰者，我们只是万千生命中，平凡且卑微的一种。

我们必须敬畏大自然，敬畏动植物，敬畏整个生态系统，恪守与大自然的相处之道。

只有我们意识到自己的渺小，收敛我们的狂妄，人类才能免遭大自然的报复，才可能在这个星球上安宁地繁衍和传承文明。

再寻常的风景

也会有突然很美的时候